楊美瓊／著

雨夜

莎士小說集

菲華文協叢書／01

《總序》菲華文協叢書

施穎洲

中國新文學運動始於一九一九年，菲華社會一九三八年始有成熟作品出現，一九四五年二戰結束，菲華文藝運動活躍，一九五〇年菲華前導作家百人組成「菲律濱華僑文藝工作者聯合會」，簡稱「文聯」，領導菲華文藝運動，直至一九七二年菲政府宣佈軍統，方暫停止活動，領導菲華文藝運動計廿二年，以後同仁面壁苦修。

一九八二年菲軍管放鬆，「文聯」同仁，加上新人，於一九八二年組成「菲華文藝協會」，繼續領導菲華文藝運動，直至今日，已近三十年，中間「文協」同仁亦向世界華文文壇進展。

「文協」成立三十年來，對菲華文壇貢獻頗大，例如向《聯合日報》借二大版，每月刊出「菲華文藝」月刊，保持與各地華文名報副刊相同的高水準，並多次邀請名作家來菲主持文藝講座，造就許多優秀作家，各已有作品集問世。

今逢本會創立卅週年，回首來時路，特出版發行本叢書，以資紀念，是為序。

目　錄

花落，正當蟬鳴的季節

昨夜一場大雨。清晨時分，天空仍是一片灰濛濛，等到曙光初現，開窗一看，花園中的大樹下和花棚周遭一片落英繽紛。我心裏正惋嘆著，從園子的角落裏閃出來一條嬌小窈窕的身影，那是真娜！年輕人不怕冷濕的空氣，一件無袖的薄質迷你連衣裙裹住她苗條的身段。她口裏哼著歌，輕盈地揮動著手中一把竹帚，把掉滿青草地上的花朵和落葉掃成一堆。

晨曦中，青春的少女點綴著滿園的翠綠，清新悅目。我心情怡然，頗具閒趣地觀賞著這幅鮮麗的畫面。

真娜沒有發現我在看她。她神態從容，嬌憨地歪著腦袋思量了一會兒，就找來一個塑膠袋子，蹲下去很認真地在那一堆花葉間挑著揀著，把一些花兒挑出放進袋子裏，然後輕快地站起身，繞到離窗口不遠的游泳池邊，掏出一把落花，輕輕地撒在水面上，然後，又是一把……再一把……

「真娜，妳在玩什麼？」我從窗內叫著她。

真娜抬起頭來，發現我在窗口，露出甜甜的笑靨，清脆的語音像銀鈴一般在清晨的空氣中迴蕩著：「太太，早安。」

她指著水面上的花兒說：「太太，妳看，這些花兒這麼嬌嫩，我捨不得丟了，讓它們在清澈的水面上漂一會兒，妳看好嗎？」

「不行，不行！」我著急地喝止她，「扶西的工作就是每天撈出掉進池裏的落花殘葉，妳這麼做，不是跟他開玩笑嗎？」

她怔住了，驚愕地看著我。

「妳稍等一下。」我說著，快步出了屋子，繞過庭院，下了幾級台階，來到真娜身側。

真娜含著笑，很親暱地叫了我一聲，愉快地說：「以前在鄉下，每次拾到落花，我就捧著放進屋後的小河裏。老奶奶說，在很遠很遠的地方，有一個美麗的地方，那兒的花朵永不凋謝，屋後的那條小河，會流過那兒，把花兒送過去的。我幻想著那兒住了些小仙女，她們戴著美麗的花冠，把花兒編成串掛在胸前。小時候，我一直相信這是真的，現在長大了，仍然夢想著那是真的。每拾到落花，還是習慣地讓清流把它們漂走。這兒沒小河，就讓它們在泳池上漂浮一會兒吧。」

真娜的神情有點黯然，臉上消失了笑容。而我，卻為了她這美麗的遐思，感受著童真夢幻的可愛……

六月天，正是蟬兒求偶的季節。每當黃昏時分，樹叢間就蟬鳴喧嘩，一聲緊接著一聲，把整個庭院攪得一片熱烘烘。在這個時令的每個黃昏，我常常滿懷欣悅，休閒地享受著心靈接近大自然的美感。不知不覺中那單純而又清脆的聲籟牽引著我的思緒，進入一個超越人間紛擾的寧靜無慾的境界中。

這時候，我看到真娜了。她手中高舉著一把細長的竹竿，站在大樹下，仰起頭把竹竿在樹葉繁密處撥呀撥的。

「真娜！」我高聲地叫她：「妳找到蟬兒了？要捉幾隻玩兒嗎？」

童心被喚回，我懷想著兒時在家鄉跟著孩子群捉蟬的往事。

真娜轉過頭來，朝著我開懷地笑了。她俏皮地說：「還沒找到呢！不過，我不想捉牠們，只是想看看牠們，跟牠們說聲哈囉！」

她繼續在樹葉間撥著，忽然間煞有介事地說：「太太，妳聽，牠們唱得多起勁，歌詞是：來吧！來吧！我的愛！」

這女孩的心思多浪漫，洋溢著輕盈飄逸的靈氣。年輕的生命就是一首充滿了美麗夢幻的詩歌。可惜造化弄人，她自幼失怙，為了生活，從純樸的鄉村漂流到這形形色色、紛紛擾擾的城市中。她這份純真能持續多久呢？

真娜今年十七歲，兩年前來岷市找工作。據她自述，四歲時父母出海捕魚，雙雙被海浪吞噬。鄰家老奶奶收養了她。老奶奶只有一個兒子，帶著妻兒在省城謀生，難得回鄉一趟，不過，每個月都寄生活費供養老母。老奶奶雖然衣食無憂，但是生活寂寞。每次真娜父母出海，都是託老奶奶照顧真娜。老奶奶收養真娜後，對這失怙的女孩更是疼愛有加，讓真娜度過一個快樂的童年，還送她進學校讀書。直到兩年前，真娜讀完了中學一年級，老奶奶就去世了。住省城的兒子回鄉辦完喪事，把房子賣掉，真娜只好跟著同鄉的女孩子到岷市找工作養活自己。

自從真娜來到我家後，我這個一向靜寂的屋子就熱鬧起來了。她清脆的笑語，飄逸窈窕的身影常令我懷想起當年女兒未出嫁前，流蕩在空氣中那一股青春的氣息。直到有一天，真娜忽然對我說：

「太太，我做到月底就得走了。」

我頗感意外地「哦」了一聲，錯愕地問她：

「妳還做不到兩個月，怎麼就要走了？什麼事令你感到不滿意？」

她笑盈盈地，閃動著一對明亮的大眼睛說：

「沒有啦，妳對我很好，只是我的男朋友要帶我到南部去。」

「妳要結婚了？」我問她。

她避開正面回答我的問話，露出一個甜甜的笑容，只說：

「再過一個星期就是月底了，他在南部找到一份待遇很好的工作，我們一起搭火車南下。」

真娜是那麼年輕，那麼單純，我真有點兒不放心，叫來了在我家工作將近二十年的管家問話，我想知道真娜的男朋友可靠不可靠。

管家說：「真娜不是個好女孩。太太，妳讓她走吧，免得惹麻煩。」

「這話怎說？」我疑惑不解，追問著她。

「真娜兩年前初來岷市時，在一戶人家幫傭。不到一年，就跟東家的兒子好上了，有了身孕，東家的兒子還在大學念書，就被父母送到國外去。東家的太太帶著真娜把胎兒拿掉，給她一筆錢，把她打發了。真娜再進另一家工作，不知何故，又走了。再換一家後，卻與值班的警衛不清不白，又被辭退。短短的兩年，她換了三份工作，我們是第四家呢！那要帶她走的男朋友，就是跟她要好的那警衛，他在鄉下已經有了老婆、孩子了。」

這簡直令我難以置信，真娜是個單純快樂的女孩，又長得嬌美惹人愛，一定是有人嫉妒她，故意編排出來的。

「我不相信，妳哪兒聽來的？」我很不高興，再追問著。

管家嘆了一口氣，不屑地說：「是她自己親口告訴我的。她說：老奶奶告訴她，上帝給了我們生命，我們就應該快快樂樂地享受生活中所能得到的一切。她現在擁有青春的年華，就要盡情享受浪漫的情愛生活。她說那警衛長得很帥氣，脾氣又好，說情話很動聽，她不顧一切地就愛上他了。至於他跟東家兒子那段事故，她一點兒也不在乎，她說她還年輕，甜的苦的她都要嚐一嚐。」

我心中塑造出來的快樂天堂鳥形象被捏碎了。很傷感地對管家說：「她還是一個未諳世事的小女孩，妳們朝夕相處，應該像大姐姐一般地勸勸她。」

管家搖搖頭，嘆一口氣，很冷淡地說：「沒用的，惡魔已蒙蔽了她的心竅。太太，妳就別白費心思了。」

在黃昏的薄霧裏，真娜單薄的身影走出了我家的大門，懷著虛幻的青春美夢，向未來走去，終於消失在暮色蒼茫中。

我心中一片惻然，迷茫地返身回屋。

暮靄漸濃，樹上的蟬鳴若斷若續，已經是八月天了，蟬唱很快就會沉寂。

天空傳來幾聲悶雷，氣候局報告，今晚颱風過境，將帶來一場大風雨。明天一早，又該是花落知多少了。

二〇〇五年十月六日

追　夢

這幾天來，隱隱約約之中，艾美總感到有人盯她的梢。

昨天下午，上完最後一堂課後，艾美從學院正樓的大門出來，左轉朝停車場走過去的時候，她就敏感到有人亦步亦趨地跟著她。當她打開那部名貴小跑車的駕駛座車門時，從安置在駕駛座旁的側鏡中，她看到那人魁梧的身材和一張非常男性化的漂亮臉龐。

艾美對自己抿嘴一笑，心思飄飄然，裝成一副毫無所覺似的，以最輕盈優美的姿態坐進駕駛座。她先戴上高級品質的雪白手套，然後嫻熟地轉動輪盤，踏足油門，把車子退出停車位。從望後鏡裏，她還可以看到那男生倚在不遠處一根電燈柱旁，依依不捨地目送她駛出校門。

艾美長得並不美，她的五官還算端正，可惜眼睛太小，眼梢向下垂，已動過割雙眼皮的手術，只是除不掉眼皮下堆積的一層脂肪，看起來有點兒浮腫。因此，在做眼部化妝時，她在眼皮上厚厚地塗了一層藍色的眼蓋膏，又刷上眼影；再順著眼瞼用眼線筆畫上一圈黑黑的眼線，讓眼梢微向上翹。最後，她把睫毛向上捲得彎彎的。這麼一來，自己端詳一下，眼睛明亮了、靈活了，也就顧盼成姿了。她本來扁塌的鼻樑和鼻尖已動過隆鼻的手術；又自己感到上唇太薄，不夠性感，用唇膏的時候，總是先用唇筆描繪出一個性感的唇形來，再塗上口紅。每隔幾天她就到美容院一次，修眉毛，做頭髮，讓理髮師把她稀疏的頭髮刮一刮，再噴上膠水烘乾定了型，梳出一個最流行的髮型來。當她攬鏡自照的時候，對著鏡中明艷亮麗的容顏，她不覺為了終於脫離那不塗脂粉、清湯掛麵、白衣籃裙的中學時代而喜不自勝。

艾美最大的願望就是能找到一位護花使者。她人緣不錯，出手又闊綽，下課的時候，身邊從不乏一些男女同學伴著。可是一年過去了，她卻還沒有遇上夢中的白馬王子。她認為大一的男同學不夠成熟，一直希望有機緣遇到一位對她一見鍾情的高年級男生。當她發現那位跟蹤她的男生長得又高又帥，而且看起來很穩重，氣質也不錯的當兒，她的一顆心就被撩撥得不克自持了。

每個上課的日子，艾美都穿著名牌時裝，開著她的名貴小跑車上學。當她打開車門，脫下雪白的手套，蹬著四寸高的義大利鞋下車時，常引起周圍同學們驚羨的眼光。這時候，她就輕擺柳腰，婀娜多姿地充滿自信及滿足的情緒走進學校的大門。

自從看到那位對她情有所鍾的男生容貌後，一個多星期來，每當下課，同學們走出課室，在走廊上透透氣，伸舒一下筋骨的時候，艾美就會發現那位男生站在走廊上離她課室不遠處朝這方向張望著。是等著看她吧？或許因為靦腆持重，他不好意思趨前與她交談呢！

於是，艾美就會抑制自己的心跳，低眉淺笑地排出了萬種風情的姿態與同學們談笑風生。她相信自己的瀟灑和優雅，過不了多久，一定會吸引他找機會與她接近；然後……

今天，艾美第二堂沒課，想到圖書館打發時間。一走進圖書館，就瞥到那男生正好站起身來，匆匆忙忙地收拾桌上的書和筆記準備離開。看到她進來，他不覺一怔。艾美很嫵媚大方地向他點頭微笑。他略微躊躇一下，低頭看錶。大概下一堂有課吧？看他神情有點不捨似地走向圖書館的櫃台。他把手中的書還給管理員時，又借了兩本書。當管理員在做還書、借書的手續時，艾美看他們兩人有說有笑的。等他走後，艾美走向櫃台，對管理員「嗨」了一聲。

「哦，是妳。妳這身打扮好新潮喲！」管理員很親熱地跟艾美打招呼。「謝謝你！」艾美笑著回答，向管理員列出要借閱的書，然後裝成不經意地問著：「剛走出去的男生看起來很眼熟，跟你很熟絡吧？」

「是啊！我們大一同班，後來他改修心理學，今年就畢業了。這幾天都在圖書館借閱寫論文的參考書。他自信這篇論文一定會得到『A』的分數。」

「噢？他那麼有把握，一定很精彩了，是什麼題材呢？」艾美很感興趣地追問著。

「是變態心理學。他選擇了一個供研究的對象，就她的奇裝異服、濃妝艷抹，及怪異的言談舉止，揣摩和描繪她的心態。這個對象是本校的女生，他已跟蹤和詳細的觀察她兩個星期。他說有絕對的把握寫出一篇精彩絕倫的研究心得出來。他還說題目是〈醜女多作怪〉，我就批評他取題太刻薄了……」

艾美臉上一陣紅、一陣白，她感到強烈的暈眩，跌跌撞撞地衝回書桌旁，一跤跌進坐椅裏。

心有所屬

近幾個月來，湘華常感到胃部不舒服，食慾不振、時常咳嗽，體重不知不覺中減輕了十多磅。文山陪她到醫院做全身檢查後，醫生診斷是胃癌。因為發現過遲，沒有及早開刀，已蔓延到胸部，不宜動手術割除了。這無疑是一道死亡判決書，夫婦兩人傷心欲絕，心情悲哀又沉重。

這天晚上，吃過晚飯後，對媽媽嚴重的病況毫不知情的一對小兒女，如往常一般，嘰嘰喳喳地講述著白天學校裏老師同學們的趣事。文山與湘華強顏歡笑，伴著他們說說笑笑，直到溫習當天課業的時間到了，才由文山陪伴著到書房做功課。

湘華疲累極了，把整個身子蜷縮在長沙發上。文山從書房裏出來靠近她身旁。她半抬起上身，淒迷的眼神中透露出一份迫切的期望，對文山說：「我有一件非常重大的事要跟你討論。」

文山彎下腰，端詳著湘華因亢奮而出現紅暈的雙頰，滿懷憐惜地勸她：「妳累了，回房休息吧！」

「不，這件事我已經思考了好多天，現在一定要說出來，不然會憋死我的。」她執拗地搖搖頭，堅持著。

文山傍著她坐下，伸出左手摟著她的肩膀，溫柔地說：「妳不要太激動，慢慢地說好了，我聽著。」

湘華把頭倚在文山懷裏，聲調微弱地說：「我走後，你和文兒、玉兒的日子一定很苦，我非常……非常不忍心丟下你們……」說到這兒，湘華淚水已奪眶而出。她哽咽著，可是仍掙扎著說下去：

「這些時日以來，我一直苦思著，如何預先安排善後，終於想起了一遠房的堂妹。十多年前堂叔急逝，她剛大學畢業。堂嬸體弱多病，受此打擊後遽然中風，癱瘓在床。堂妹是獨女，十多年來為了照顧母親而失婚。三年前，堂嬸去世後，堂妹在一所天主教院開辦的學校找到一份工作，當寄宿生的舍監。大學時代，堂妹選修的是家政系。我想懇求她辭去現在的工作，來接替我理家。不知道你意下如何？」

湘華要僱用家庭幫手，文山當然不會反對：「只要妳認為恰當，我當然也同意。我可以給她一份較她現在的工作更優惠的待遇。」

感到文山聽不出她的話意，湘華從文山懷裏抬起眼來，直視著他，懇切而又認真地說：「文山，我不是只要求你給她厚薪，我希望你能與她培養出一份感情，接納她，讓她取代我這妻子的地位。你肯答應嗎？」

文山心房突地一跳，著急又震驚地叫著：「我從來沒見過她！以前也沒聽妳說過有這麼一門親戚，怎麼可能……？唉！唉！現在是什麼時代了！感情是雙方面的，妳竟會想出這麼……」

看到文山臉上不豫之色，語氣又是那麼激動地抗議著，湘華也知道這一切太突然了，不能怪文山拒絕她。只得低聲地道歉著：「對不起，文山，對不起。我當真是急瘋了。你知道我是不得已啊！」

文山不忍心讓湘華心坎裏難受，俯首在她額上輕吻一下，輕柔地說：「我明白妳的心意。」

他這麼一說，湘華的一顆心又活躍起來，她試圖再說服文山：「堂妹秀外慧中，性情溫柔，心地又好，為了盡孝放棄婚姻的機會。現在的工作是照顧一群年輕學生的起居，那是要付出一番愛心才做得好的，大學時代她主修家政，正是賢妻良母型。我相信你們相處後，一定可以培養出感情來的。」

文山耐著性子聽湘華不厭其煩的絮語。驀然間，他腦裏不受抑制地浮現出一個麗影。聰穎明慧、活潑亮麗，有條不紊地為他處理辦公室裏大小瑣事，每天辦公時間內適時地為他端上一杯香濃的咖啡或香茗，甚且在加班時還會準備可口的茶點，這麼一朵解語花，他是多麼希望永遠留在身邊。

湘華沒注意到文山神思悠悠然，用手肘輕碰他一下：「你在聽我講話嗎？」

文山驚覺地「嗯」了一聲，趕快回過神來，可是不知不覺間，心神又盪開了。

湘華稍作思索，又說：「堂妹人很隨和，小時候我們常在一起玩。她不會多挑剔的。她來了後，就讓她跟小玉睡一個房間。」

文山心有所繫，也沒聽清楚湘華的話，趕忙又「嗯」了一聲。

湘華感到文山的反應很好，心情愉快，興奮地說：「不久以前，我新購進的那套高爾夫球桿只用過一次，還是全新的。你可以帶她去球場，教她打高爾夫球。這正是培養感情的好機會啊！」

文山心情恍恍惚惚，忽然忘情地脫口而出：「不行啊！她是一個左撇子！」

一剎那間的錯愕，湘華驚覺地掙脫文山的懷抱，使盡全身的氣力尖叫起來：

「她？……她是誰？」

二〇〇二年八月一日

廢 園

這是一座廢園。經年累月，它默默地承受歲月無情的侵襲。不勝風吹雨打，牆垣已傾斜，好幾處呈現深深的裂隙，兩扇厚重的園門也生了鏽，腐蝕處出現幾個大小不一的破孔。園裏樹枯草乾，映入眼簾的是一片荒廢的景象——陰沉、蕭索、頹敗、淒涼！

夕陽西下，暮靄懶洋洋地帶著病態的昏黃籠罩廢園，古老的巨宅拖著孤零零的寂寞長影聳立園中。一陣風兒颼過，滿地乾枯的落葉翻騰著，沙沙的聲息似微弱的哽咽。當年的芳草如茵，萬紫千紅，滿園的蓬勃生氣，已是不復追尋；而往昔的榮華富貴，璀璨絢爛，如曇花一現，也已成過眼雲煙。

「業主有急需，地產廉價出售。」地產經紀陪著笑臉，帶引商場發跡的中年買客來勘察這一大片待價而沽的產業。

白髮老者傴僂著背，策著木杖，幽靈似地從牆邊小屋閃出來，拖著無可奈何而又笨重的蹣跚步子，帶領來客由洋灰龜裂的私用車道轉入舊宅大門的長廊。一聲輕嘆，他目光掠過長廊左右的兩排長板凳，沙啞的嗓子發出嘎嘎的低沉喉音。清一清喉嚨，他口裏喃喃，似悲傷地自語，又似向陌生來客話當年：「我跟隨老主人五十年，當年的顯赫門風，什麼場面沒見過！老主人仕途扶搖直上的年代，每天一大早，長板凳上坐滿了人，有隨從、下屬，也有等著求覲見的各階層人物。」

離長廊不遠處是已倒坍的花棚。老者瞇著老花眼，神情飄忽忽地跌落在年代的回憶中：「女主人最愛蘭花。這花棚下幾千盆不同品種的名貴蘭花，勝過外界一年一度的蘭花展覽。很多是各界人士費心搜羅，從外地運來餽贈的。」

整座舊宅油漆剝落，斑痕駁雜。大門沒上鎖，一推就咿咿啞啞，掉下一陣灰塵和腐蝕的木屑。偌大的客廳空洞洞，通花園的大玻璃門玻璃已碎裂，用木板封住。本來應是色澤鮮明的深藍地毯又髒又破爛，觸目處只是灰塵和蛛網。隔室的餐廳還留著一張可坐三十人的長方形餐桌，桌面已破損。樓下私人辦公室、書房、彈子房、音樂室、酒吧、附有浴廁的客房、大廚房、小廚房等久沒清掃，發出一陣陣霉爛的氣味。樓上是當年宅主及眷屬的臥房和起居室。可以想像應是佈置華麗而又舒適，如今已破舊，天花板、牆壁、地板都被白蟻蛀蝕得不堪入目。

「這房子多久沒人住了？」

「唉！」一聲長嘆，一陣欷歔，引敘了一段世事滄桑：「二十多年了，二十多年了！老主人告老返鄉後，少主人仕途多舛，攜眷移居國外。老主人一直盼望少主人回來東山再起，盼了長長的二十多年。如今老主人年近古稀，女主人體弱多病，每個月的醫藥費大得驚人，現實迫得老主人須忍痛賣掉這座房屋。」

舊宅主人的滄桑史並沒有引發買客對人生變幻無常的感慨。他，正沉浸在對未來生活的美麗憧憬中，一幅活動的畫景在他腦海裏映現：幽靜的林蔭道、豪華的樓宇、富麗堂皇的室內佈置、柔綠的高麗草坪、奇花異卉爭妍的花棚，業主擇吉喬遷，新宅張燈結綵，裏裏外外喜氣洋洋，宴開百席，賀客盈門。園外名牌汽車接踵而至，排成長龍，殷商巨賈、政界顯要，個個西裝筆挺，攜著珠光寶氣的太太登門祝賀；主人躊躇滿志，談笑風生，捧著注滿香檳的高腳水晶杯，周旋於貴賓之間，眼光接觸一雙雙艷羨的眼神，耳畔聆聽一串串吉祥的賀詞……

地產經紀小心翼翼地開口徵詢買客的意見，把他從白日的幻景中拉回現場。他微笑頷首，欣欣然完成了一宗交易。

廢園移交的前一天，黃昏時分，天空烏雲密佈，遮蔽了夕陽最後一線餘暉，繼而細雨濛濛，天色昏暗。一輛舊型汽車駛入廢園。司機從駕駛座出來，取出輪椅，撐開傘，繞到後座扶出白髮稀疏、穿戴整齊的老紳士，半抱著他坐上輪椅，推到長廊上。看門的老者聞聲出現，趨前侍候老主人。兩個老人相對默然，眼眶裏升起的薄霧模糊了彼此的視線。

雨，不停地下著，天色更暗了。

木屐的故事

每次看到那雙經歷了半個多世紀歲月，造型別致的木屐時，曼玲就會憶起那個短悍粗壯、外表冷峻，心地卻慈祥善良的日本兵來。

那是第二次世界大戰期間，日本佔領菲島，僑校被迫關閉。曼玲轉學到一所被皇軍恩准開辦，除教授英語外，還強制編入日文課程的天主教女校。學校設在郊外，從曼玲家步行十五分鐘即可到達。曼玲每天清早上學去，路上行人稀少。那個時期，在殘暴的日軍統治下，一般居民都深居簡出，沒事不出門，以免招惹禍端。曼玲一向膽小，一路上她總是驚悸不安，尤其是走過一座小橋，再拐一個彎就可看到校門的那一段路，兩邊都是高高的圍牆，沒有住戶，也沒有行人，她會更加心慌。不過日子一久，也就一切習以為常了。

一個清早，當曼玲剛走上小橋，卻發現不遠的街道上站著一個穿軍裝的鬼子兵——這是她一向對日本兵的稱謂，在離他六七尺距離的地方圍繞著八隻又兇、又大、又壯，全身黑毛閃亮的大狼犬。牠們配合著鬼子兵口裏發出的號令及吹哨聲，前後左右往返地疾奔著。曼玲被這景象嚇呆了。她臉如土色，兩腿顫抖不停，一顆心撲撲亂跳，只感覺到全身的毛孔都沁出了冷汗。

曼玲害怕得眼淚都快掉下來了。一個可怕的念頭突然閃現在她腦中：「那鬼子兵一定發現我了！我來得及轉身跑掉嗎？他不是正在訓練軍犬擊殺敵人嗎？他……他會不會把我當成練習的目標？……鬼子兵是殘酷得殺人不眨眼的呀！只要……只要他一聲令下，這些軍犬就會把我活生生地噬死了……」

她腦子裏一片混亂。她想回轉身跑，只是兩腿顫抖得厲害，雙腳像被釘在地上一般，絲毫不聽從大腦的指揮。這時候，忽然一聲呼哨，曼玲心驚肉顫地抬起眼來，只看到那些軍犬跑到鬼子兵跟前站住。再一聲令下，牠們屈了後腿，跪坐下去。然後，鬼子兵向曼玲打個手勢，叫她走過去。這真是出乎曼玲想像之外。她瞥了鬼子兵一眼，看出他並無惡意，於是硬著頭皮，戰戰兢兢地一步一步從離他們數尺之遙的牆邊走過去，直到鬼子兵與軍犬已落在她身後時，她才喘出一口大氣。

這以後的幾個星期，每天情形都是一樣。只要曼玲一出現，鬼子兵就會發令，把軍犬叫到身邊，讓曼玲過去。日子久了，曼玲發現那鬼子兵常常注視著她，眼光是柔和的，臉上常出現一絲笑意。她漸漸解除了對他的戒心。

一天清晨，當曼玲走到離鬼子兵最近距離的時候，鬼子兵忽然做了一個手勢，向她走過來，把曼玲又嚇得心頭小鹿亂撞，呆呆地煞住了腳步。

鬼子兵笑容可掬，嘰哩呱啦地不知在講些什麼。曼玲雖然上過日文課，卻一句也聽不懂，只好一勁的搖頭。鬼子兵想不出溝通辦法，搔搔頭，就打手勢指著自己，又指向遠方，再比劃著與曼玲一樣的高度。最後，指著曼玲腳上所穿的木屐——那是一雙屐面用綢緞縫成，下面墊著數重厚質的布料，繡上紅花綠葉，綴滿各色玻璃小珠子的木屐。木製的後跟還雕刻著各種精緻的圖案，再噴上一層透明的油漆，是當時物質缺乏的日治時代，婦女代替鞋子穿用的。鬼子兵一邊嘰哩呱啦地說著，一邊伸手從褲袋裏掏出一大把軍用票，送到曼玲面前。

現在，曼玲有點兒明白他的意思了。好像是說託曼玲幫他買一雙同樣的木屐，送給遠方與曼玲一樣大的女孩子。她不敢肯定自己的猜想是對的。靈機一動，她指著那一大把軍用票，搖搖手，再從書包裏拿出紙筆來，示意鬼子兵把話寫下來。心裏想，等一會兒到了學校，先讓日文老師看了再說。

鬼子兵明白了曼玲的意思，不停地點頭，嘎嘎地笑著，指一指腦袋，豎起大姆指，表示誇讚曼玲聰明。他接過紙筆，歙歙地寫了幾行字，交給曼玲後，卻沒有把手縮回去。他顯得有點兒躊躇，好像擔心嚇著曼玲，又禁不住自己的心意似地，慢慢地抬起手來撫摩著曼玲的頭髮。那眼光和神色之中有惆悵，有思念，又充滿了慈愛。不過，那只是一瞬間的事，他隨即縮回手，鞠了一躬，說聲：「亞里加多！」就轉身走了。

曼玲深受感動，神思恍恍惚惚，連老師第一堂課講些什麼，都沒聽進去。下課的時候，她給日文老師看那字條，果然是託她代購一雙一樣大小的木屐，寄給他在國內的女兒。

當天下午放學回家，曼玲心裏思潮起伏，充滿了矛盾。她恨日本鬼子侵略中國，她不會忘懷她一家人就是被蘆溝橋的砲火轟到海外來的。如今，菲島也淪陷了，在日寇的鐵蹄下，人民過著愁苦的日子，她怎麼可以和敵人交往呢？她對自己說：「不要再理會鬼子兵吧！下次碰到他的時候，就裝傻搖頭表示不懂他的意思就是啦！」

可是到了晚上，那鬼子兵慈祥的眼光，迫切的心意又升上她的心頭。她一夜睡不安穩，矇朧中夢見一個穿和服的小女孩，驚喜地捧著一雙寄自菲律賓國的美麗木屐。醒來時，她心中洋溢著一股莫名其妙的感情。她有了一個意念，決定趁著今天星期六不上課，到市場買一雙最漂亮的木屐送給夢中的女孩！

星期一，曼玲興沖沖地把買來地木屐放在書包裏上學去。過了橋，卻看不到鬼子兵和他的軍犬。她悵然若有所失。剛才在路上，她還在反覆思考，她這麼做是不是大人們所說的「通敵」？現在那鬼子兵不見蹤影，她心裏卻又患得患失，有失望的感覺，卻也如釋重負。

中午下課，是學生休息用午飯的時候，空襲的警報嗚——嗚——地響了。老師們慌慌張張地，照著平時預防空襲的練習方式帶領學生到校園裏樹木繁茂的地帶躲避。兩個鐘頭過後，警報解除，校長召集全體師生宣佈：「從明天起，學校停課。復課日期另做通知。」

曼玲回到家裏，無精打彩地把木屐塞進衣櫥的低層。

不久後，菲律賓光復。被俘的日軍全數遣返本國。街道上再也看不到日本兵了。漫長的半世紀過去了，曼玲垂垂老矣——逝去的歲月已無從追尋，而世事也經歷了一番滄桑。曼玲卻仍然珍藏著那雙牽引出一篇動亂中感人故事的木屐。

隨著歲序的遞嬗，她的心中，這木屐的故事已昇華為見證人性中一份不可泯滅的至誠、至善、互愛、互助的寶貴感情！

故園舊事

一、堂姐念慈之死

堂姐一出生，就被注定了悲慘的命運。

家鄉的風俗，小孩子一生下來，就會把生辰八字送給鄉裏的算命先生排命盤。可憐的堂姐，被批出來的命盤是剋父剋母，而說不定哪一天，自己也逃不過這一劫。問有沒有破解的方法，卻是只有送給別人家收養。

我祖父早逝。祖母不到三十歲就寡居，含辛茹苦，熬過了多少辛酸的年月，總算盼到兒女長大成人。堂姐是大伯父的女兒，也是祖母第一個內孫輩，一呱呱墜地就要送人，無論怎麼說都是捨不得的。何況大伯父不迷信鬼神，絕對不相信相士所言。可是事情就是那麼湊巧，大伯母在坐月期間，就染上月內瘋過世了。祖母痛惜萬分，驚疑、憂慮、慌張塞滿心房而寢食不安。大伯父遭此變故，深感悲傷外，更是手足無措，不知應如何撫養這不足一月的嬰兒。最後在辦完大伯母的喪事後，由堂姐的外婆抱回家去撫養。

堂姐三歲時，大伯父續絃，把堂姐由外婆家接回來。當年是祖母當家，家中婢僕眾多，堂姐由繼母及丫頭照料，雖然不缺溫飽及看顧，但也沒能獲得足以彌補母愛的關懷與呵護。祖母因迷信太深，也不敢多接近堂姐。我家是僑眷，祖先早年在南洋創業，兒孫輩長大後，都要先後出洋學習經商以繼承祖業。因此，大伯父每次出洋，一去就是一大段日子。已喪失母愛的堂姐，又不能與父親朝夕相處享受親情，那處境當真是夠可憐的。

堂姐當真是命運多舛。大伯父再婚後的第四年，就病逝在南洋。於是相士的讖語又算中了另一半。堂姐的外婆預料堂姐在我家將被視為不祥之物而受委屈，再一次要求接回撫養。也不知道是什麼緣故，祖母就是堅持不允。不久後，大伯父再娶的妻子也回娘家改嫁去了。從此，大房裏也就只剩下堂姐孤零零的一個人了。

在我有記憶以前，我家已由鄉下遷居廈門，住在一座有三層樓的大屋裏。堂姐的房間在二樓大廳靠左，要跨過一道門檻的後房裏。同房照顧她的是祖母娘家的親戚，一個我稱呼明庭妗婆的中年女人。她死了丈夫後家窮來投靠祖母，在我家主理廚務。祖母一向不許我進入這房間。有一次，覷著祖母沒看到，我溜進去一看，床上、桌上沒有什麼好玩的東西。堂姐去上學，不在房裏，我只好出來了。不料卻被祖母逮個正著。她一向疼我，也捨不得罵，只寒著臉，吩咐丫頭把我從頭到腳洗了，換上乾淨的衣服。送到祖母跟前的時候，她摟著我說：「以後不許再進去了。」後來母親知道了這件事，也嚴厲地告誡我不許再犯。就這樣，從此以後，我再也不敢越「雷池一步」——跨過那種通後房的高高門檻了。

堂姐大我六歲。我現在已記不起她的容貌了。模糊的印象中，她黑黑瘦瘦的，留著齊耳的短髮；有一對經常流露出驚慌或怯意的大眼睛，下頦尖尖的，說話的聲音很細。至於她笑起來是什麼樣子，我竟沒有留下一點兒印象。

在我的記憶中，我很喜歡堂姐，一直渴望跟她一起玩。可是祖母丫頭都把我盯得很緊，不許我進堂姐的房間。而堂姐一早就上學，中午不回家吃飯，下午一回來就躲進房裏不出來。偶然我看到她放學回家，她一踏入門，我就會高興得大聲叫「姐姐」，可是看到與我寸步不離的祖母跟在我身邊，堂姐只會「嗯」了一聲，掙脫我拉著的手，朝祖母叫一聲：「阿媽，我回來了。」就低頭匆匆進房去了。我回想著，為什麼她從來沒跟我們在一起吃飯？是不是每頓飯都在廚房裏與明庭妗婆一起吃？因為大人們怕小孩子被火燙傷，或被滾水淋著，一向就不許小孩子進廚房；因此，我也沒有看過堂姐是不是在廚房裏吃飯了。只有一次，我聽到大丫頭在背後告訴另外一個：「阿慈官那麼瘦，明庭妗婆也捨不得多給她一塊肉吃。」明庭妗婆是家窮來投靠祖母的，可是她輩份高，家裏的人誰敢多說她一句？雖然她當著祖母，常常說我又乖又聰明，問我喜歡吃什麼，她會特別做給我吃；可是我還是不喜歡她那張蠟黃的馬臉。

祖母因為疼我，捨不得我小小年紀就每天被「關」在學校裏，不讓我進幼稚園讀書。直到我六歲以後，父親由南洋回來，才把我送進小學讀一年級。為了上學，我習慣了早起，可是堂姐卻仍是在我早上還沒出房門之前就上學去了。她在一家女校念書，離家遠。我就讀的學校離家很近，走路還不到五分鐘。我不明白堂姐為什麼不與我同校？

在我的腦海中，至今還殘留著一份抹不去的記憶的是：在一個沒上課的日子，大概是假日或星期天吧？我醒來得早，沒等丫環捧水盆進房給我洗手臉，就溜到走廊上。隔著一個天井，我瞥見庭院裏一個瘦小的身影。那是堂姐！她蹲在水龍頭旁邊搓搓洗洗的，我高興極了，跑著由一條通道繞過天井奔到堂姐的身邊。一邊叫著「姐姐」，一邊就和她面對面地蹲下來。

「咦！妳為什麼自己洗衣服？洗衣婦到哪兒去了？」我驚奇地問她。

「她正忙著。這件制服明天去上課時一定要穿上，洗晚了曬不乾。反正我閒著，就自己洗了。」堂姐低聲地回答我。

我看見堂姐兩隻手都被冷水凍紅了，就大叫起來：「不行！不行！妳會生病的。阿媽說早上醒來不能沾冷水。」

堂姐惶急地站起來，亂搖著雙手，又驚又急地說：「我跟妳不一樣……不！不！不是這樣，妳還小，我長大了……妳快進去，阿媽看不到妳會著急的。」

祖母房裏的大丫頭出來了，把我連哄帶騙地帶進屋子裏。到了祖母跟前的時候，我竟不敢提起我和堂姐在庭院裏的事。

放寒假的時候，堂姐的外婆來接堂姐去小鎮住幾天。祖母陪她在大廳上坐。我傍著祖母站在一旁，心裏好羨慕堂姐有外婆家可去玩。明庭妗婆帶了堂姐從房裏出來。堂姐先朝祖母叫了一聲「阿媽」，還沒有把「外婆」叫出口，她外婆就一把把她摟進懷裏。

「阿慈，我的寶貝兒，妳長高了。」她輕撫著堂姐的頭髮、臉龐，端詳著她，無限憐惜地說：「怎麼瘦了？」說著，她的眼眶就紅了。

「她挑嘴，飯都不肯多吃一口。」明庭妗婆在一旁說。

堂姐的外婆瞄了明庭姈婆一眼，還沒說什麼，祖母忙著補充：「念書很辛苦。放假了，多吃點就會胖起來的。」

「聽見沒有？要懂得照顧自己。」堂姐的外婆低頭看著懷中的堂姐，輕輕的托起她尖瘦的下巴，聲音好柔和地對她說：「妳看妹妹，白白胖胖的多好看。」

當堂姐跟著她外婆向祖母辭別的時候，我很奇怪祖母為什麼沒有像對待其他來訪的客人一般，客氣地留她們在家裏吃便飯。她牽著我的手，把她們送出大門後，深深地嘆了一口氣。

春天來了，天氣一天比一天暖和。週末，堂姐參加了班裏老師帶領的小學畢業班遠足隊到郊外踏青。隔天一早，明庭姈婆就向祖母報告堂姐病了。她發燒，又吐又瀉。

「一定是昨天去遠足，吹了風，受了風寒，又不知道有沒有吃了不乾淨的東西。她帶去的便當是我做的，不會有問題。」明庭姈婆說。

祖母皺起眉頭，很煩惱的樣子，口裏喃喃地唸著：「菩薩保佑。」她吩咐明庭妗婆煎藥餅給堂姐喝，還交代要熬薏米粥。過了一天，堂姐仍然熱度不退，又拉肚子好多次。傍晚的時候，祖母請了常常來家為我們小孩子看病的「先生媽」給堂姐醫治。抓了藥煎好，可是堂姐服下去後又都吐出來了。

堂姐仍然病著，祖母向明庭妗婆談著堂姐的病情時，明庭妗婆總是說：「不過是感染風寒吧了。我問過她，她說喝了山澗裏的水，大概也不乾淨。這孩子不聽話，又挑嘴，稀粥不要吃，藥喝下去又吐出來。空著肚子賴在床上，哪能好起來。」

母親跟三嬸常常進房去看堂姐。我聽見母親說堂姐熱度一直沒退，每天拉稀好多次，情況不大好。三嬸也說堂姐一定是感到身體很不舒服，半閉著眼睛呻吟著，可是明庭妗婆卻說：「阿慈就是這般會裝假，看到有人，就故意長一聲、短一聲地呻吟著，做給人看的呀！昨夜不是睡得好好的嗎？」

祖母眼看著堂姐的病還沒好起來，整天心神不寧似地叨叨唸唸。剛由南洋回來度假的三叔父，請了一位西醫來給堂姐看病。醫生給堂姐打了一針，臉色凝重地說：「最好快送醫院。」

醫院是死過最多人的地方，平日我們都避免從它的大門口經過。裏面陰氣太重，小孩子抵受不住的。於是堂姐仍留在家裏。祖母交代明庭妗婆悉心照顧。說三嬸讀過學堂，西醫應由她負責按照醫生的處方服用。堂姐除了服用中藥外，又加了一份西藥，雙管齊下，一家人都相信她很快就會好起來的。

因為家離學校近，我每天上完上午課都回家吃午飯，飯後再回校上課。這一天中午放學的時候，出了課室，阿莉已在課室外等著。我奇怪她手中為什麼多了一個飯盒。沒等我問她，她就說：

「祖母要妳中午在學校吃飯。不要回家了。」

「為什麼？」我問她。

陳莉的臉色很難看，她眼睛看著地面，低聲說：

「阿慈官去了，棺木還沒送來，要下午才收殮。」

堂姐不是病著嗎？她能去哪兒？我又為什麼不能回家？阿莉用的幾個艱深的字

眼，我聽不懂。我用疑惑的眼光盯著她，著急地問道：

「阿慈姐去哪兒了？」

阿莉用手指揩著眼淚說：

「她死了！」

一下子我被嚇呆了。想起「死」這個字眼的意思是「沒有了」、「消失了」、「永遠看不到了」，我大聲地哭起來，返身奔回課堂，伏在座位上嗚嗚咽咽地哭著，哭得上氣不接下氣，連腸肚都糾在一起了。阿莉在一旁一直哄著我，她扶起我的頭，為我揩眼淚，把筷子塞在我手裏要我吃飯。我把她推開說：

「我不吃。」

「妳不吃飯，我回去了會挨罵的。」阿莉說。

「罵又不會死。妳怕什麼？」我一邊哭，一邊生氣地頂撞她。

整個下午，我無心聽課，老師看我不斷揩眼淚，問我是不是身體不舒服。我抽噎著說：

「我的阿慈姐死了。」

老師輕撫著我的頭，安慰我，要我到洗手間洗洗臉，再到操場上走走。好不容易捱到下午放學的時間，阿莉來接我回家，她說：「棺材已抬出去了。」

我又餓又累，渾身無力，走不動，要阿莉揹我。阿莉說我大了，她不夠氣力，半拖半拉地把我帶回家。

我進了祖母的房間。祖母失神地低垂著頭倚在床上。我叫了一聲「阿媽」，就爬上床撲進她懷裏哭起來。我感到祖母重濁的呼吸和急速的心跳。

「阿慈姐為什麼死了？她到哪兒去了？」我嗚咽著問祖母。

祖母緊摟著我，嘆口氣，低迷的聲音幽幽地，像獨個兒在喃喃自語：「你阿慈姐到極樂土去了。……去找她的父母，他們一家人團聚了。」

我聽了很安心，雖然我還是捨不得從此看不到堂姐。阿莉捧著一碗米粉湯進來，說是明庭妗婆特地為我做的。我餓了一天，捧起碗來很快就吃光了。

當天晚上，我聽見三嬸告訴母親：「昨晚，我睡前去看阿慈，叫了幾聲，她都沒答理。我摸摸她的額頭，熱度退了不少。明庭妗說熱度退了就好，很快就會好起來的。可是我看阿慈的胸膛起伏著，像喘不過氣的樣子。我用萬金油在她胸口輕輕地揉著。今天一早，我問明庭妗阿慈好一點沒有，她說睡得很熟，不要去吵她。九點多鐘，我想應該把她叫醒吃藥了，哪兒知道，她已經去了……」

祖母不許家裏的人提起堂姐的名字，不過，幾天來我卻聽到很多關於堂姐的身後事，都是阿莉在接送我上下學時講給我聽的。諸如：

堂姐的外婆上門來，又哭又鬧，罵我們一家人惡毒心腸，害死她外孫女。

堂姐穿過的衣服、用過的蓆子、枕頭、棉被，都在她墳前火化了。

祖母到普渡寺給堂姐做功德。

明庭妗婆回鄉下度假，祖母囑令她要等到堂姐百日後才可以返來……

……

每次聽到有關堂姐的身後事，我的眼淚就像斷了線的珠子一般滾下來。好長的一段日子，每思念起堂姐，我的心就像被揪緊似地感到好痛好痛；而一向不苟言笑的祖母，是更沉默了。她的臉上像抹上了一層嚴霜，常常獨自一人呆呆地出神著。她不再像從前一樣，閒暇時一邊織小孫子們的毛線衣，一邊輕輕地吟唱著一些老調的歌詞。她也不再在臨睡前給我講好聽的故事了。

三年後，祖母病重去世。醫生說她憂鬱過度，積勞成疾，而又諱病忌醫，到了病入膏肓的時候，卻已藥石罔效了。在悲苦中，稚弱的我，不覺癡癡地冥思著：在另一個世界裏，祖母與我從未謀面的祖父、大伯父、大伯母，還有我苦苦思念著的阿慈姐，是不是大家團聚了？在那沒有人世煩惱的地方，祖母無須再忌怕相士所言，她一定是非常疼愛堂姐的。我心中多麼、多麼地希望看到祖母牽著堂姐的小手，在我夢中對著我笑……

二〇〇二年十月三日

二、誰是五姨婆祖

俗語說：「防人之心不可無。」但是當女兒對旁人生出我認為不妥或不合邏輯的猜疑時，我會深不以然而加以分析及開導。當不被接受而有乏力之感的時候，不知不覺中我竟像當年母親無可奈何地脫口而出：「妳呀！真是五姨婆祖！」

「誰是五姨婆祖？」女兒莫名其妙地問道。

「是我祖母——也就是妳外曾祖母——的小阿姨，排行第五。照輩份講，大人要我們這一輩的小孩子稱呼她五姨婆祖。」我耐著性子解釋著。

已經是半個世紀前的人與事了。提起她時我心中仍有一絲惻然的感覺。浮現在腦海中的是一個孤單老人的身影：一張憂苦的臉容、一雙失去光彩的眼神，頭髮灰白了，稀鬆地在腦後挽一個小髻。她雙頰深陷，牙齒都脫落了，癟著嘴巴、佝僂著腰背，蹭著一雙纏過的小腳，走遍大街小巷，失神地尋找著她失蹤的兒子。

「咦！她的輩份這麼高，算起來是我的高祖輩了。」女兒先是驚異，稍作思索後，又不解地問：「為什麼把我與她相比？一定不會是什麼好事！」

看她悻悻然，我笑了。

「其實也不是對五姨婆祖有什麼不敬的意思。當年，我們舉家逃避戰亂，移民來菲，祖母心裏牽掛著她，口中就天天叨唸著。一家人聽熟了，不知不覺中日常生活中發生的一些小事故，觸動了思緒，想起五姨婆祖住在我們廈門家裏那一段日子，就常引她為喻了。」我解釋後，又強調地說：「不是對她不敬，只是思念與嘆息！」

「是不是這裏面有一個很不平凡的故事？」女兒追問。

「只可以說是一個很平凡的悲劇，因為發生在親人身上，常令大人們欷歔慼嘆而已。」我說。

「可以講給我聽嗎？」喜歡追根究柢，又喜歡聽人家說古老故事的女兒，挨著我坐下，仰起頭來懇求著。

「五姨婆祖大妳外曾祖母兩歲。因為母親早亡，父親又長年在外謀生，自幼寄養在妳外曾祖母的娘家。和妳外曾祖母食同桌，睡同床，情逾姐妹。長大後，憑媒妁之言，嫁給本鄉的大戶人家。不久後，妳外曾祖母也嫁給妳外曾祖父了。」

這是當年我從大人口中聽到的五姨婆祖的身世。

「後來呢？」女兒專注地聽著，看我停下來，就催著我講下去。

「後來嗎？」我重複她的問話，整理一下因年代久遠，而漸趨模糊的記憶。

我把好久以前，從大人閒談中聽來的零零星星、斷斷續續地關於五姨婆祖不幸境遇，添上小時候記憶中她來我家小住的印象，一小段、一小段地連貫合併，就湊成了一段五姨婆祖坎坷人生的描述。我追憶著故園的舊人舊事，跌進了久遠歲月的追思中……

五姨婆祖的夫家家境富裕，擁有良田與房產無數。婚後產下麟兒，一家安安樂樂地過好日子。可惜天有不測風雲，公婆相繼過世後，一向養尊處優，不事生產的年輕丈夫沉溺於賭博，不到三年，就把家產輸光了。一家人生活陷入困境。多虧五姨婆祖吃得起苦，每天起早睡晚，養雞鴨、飼豬仔，為鄉人縫製衣裳，掙些小錢貼家用。她丈夫卻不知悔悟，一心只急著翻本，把妻子辛苦掙來的錢又在賭桌上輸掉了。族長看不過眼，叫去訓斥了一頓。他老羞成怒，憤而出走。臨行前發下豪語，說不發達誓不回鄉，此後一去杳然，只苦了五姨婆祖。她守著兒子，終日以淚洗臉，拜佛唸經，心中只存著一絲盼望丈夫早日衣錦還鄉的癡念。日子一天天地過去，心願卻如雲霧一般飄忽渺茫得難以捉摸。日子一久，她也就認命了。

時光不停地飛逝，倏然間八年過去了。五姨婆祖的兒子已達及冠之年，長得高高壯壯的，俊秀挺拔，酷似當年的父親。看著兒子長大成人，五姨婆祖悲苦的心懷有著無限的安慰。可是兒子不喜歡讀書，常常逃學，最喜歡跟一些沒上學的鄰坊子弟為伍，帶給她一份警惕與驚惶，深怕他像父親一樣不爭氣，因此日常對他的督教就嚴厲得超出極限。終於有一天，另一個悲劇發生了——兒子不告而別。有人說，兒子不堪她的訓斥，一走了之。也有人說，她兒子被土匪抓去當挑夫。

更有人說，近來常看到台灣浪人來鄉下遊蕩，五姨婆祖的兒子一向不安份，必定是被拐走了。

五姨婆祖失掉心頭這塊肉，生活失去了重心，失魂落魄似的，終日不炊不食不眠，不分晝夜，走遍大街小巷，毫無目標地尋找兒子，終於不支地昏倒在大路口。幸得被鄉人發現，送到她姑姐家，由她姑姐收留……

「故事是不是講完了？」女兒以困惑的眼神看著我，不解地問道：「那麼，為什麼牽扯上我呢？」

我搖搖頭，深受故事中人物的感染，我感到心情忽兒沉重起來。

「媽，從年代推算，妳沒有見過這位身世可憐的老前輩。對不對？」女兒認真地問道。

「適才所講的，確實是我出生前所發生的事故，不過，據妳外曾祖母說，我兩歲時曾經跟她去探望過五姨婆祖。不過當時太小，記不起來了。能夠記得的是家住廈門時，五姨婆祖來過好幾次。那時候，我已經六歲了，在小學一年級讀書。」我回答。

女兒看我臉色不大開朗，給我倒了一杯熱茶。

「媽，妳是不是累了？要不要歇一歇？我想聽這個故事，什麼時候妳可以把以後發生的事講給我聽？」女兒一心想聽故事，又擔心我情緒不好，不願意多說話，口氣就有點兒猶豫地問我。

我一邊喝茶，一邊思索著陳年舊事的模糊記憶。難得女兒不像後現代年輕人一樣，鄙視一切陳舊古老的事物，或不屑一顧早代祖先的感情與思想的生活。我的心思頗感安慰。清一清喉嚨，我很爽朗地說：「好！我現在就講。」

下面就是我搜索記憶，把有關五姨婆祖的往事娓娓道出來：

我家祖先數代建基業在南洋，兒孫長大後就必須遠涉重洋謀生。那些年，鄉下很不太平，先是土匪打家劫舍，擄人索贖。繼而紅軍作亂騷擾鄉里。妳外祖父憂慮一家人的安全，從南洋回家鄉，僱了一艘大船，在一個星月無輝的夜晚，避開土匪的追襲截劫，漏夜把一家大小遷居到廈門。那時候，我才三歲，對當年發生的這些事，當然是毫無所知，一切都是以後聽大人們講的。

我六歲就讀小學一年級。記得剛開學不久，每天放學後來帶我的阿莉在回家路上告訴我：「我們家裏來了一位鄉下的親戚。」

「是什麼人？」我興奮地問道。家裏來了客人，可熱鬧著呢！

「是一位很老很老的老婆婆，比老祖母更老。」阿莉一連用很多「老」字，把我逗笑了。

「她又枯又瘦，頭髮灰灰白白的，牙齒都脫落了，說起話來像漏了風似的很含糊，一對小眼睛老是睜不開地瞇著，走起路來，扶著杖，小腳一拐一拐地，衣服也很不光鮮。老祖母把她自己的衣服給她更換了。」阿莉一邊走，一邊比劃著。

「會是誰呢？聽阿莉所說的，我肯定以前沒見過她。」我心裏想著。好奇心令我快步跑回家。一登上樓梯，我已氣喘吁吁了。

祖母陪著一位老婆婆在走廊的藤椅上閒坐著。看我上樓，就招手叫我過去。取出夾在衣鈕間的手帕為我揩汗，笑容滿臉地對我說：「快叫五姨婆祖，她是從壺嶼鄉來的。」

難怪祖母這般高興，客人是從她娘家的地方來的。我走到老婆婆面前，向她鞠了一躬，叫了一聲「五姨婆祖」。

她咧開嘴笑著，那笑容很難看，跟哭一樣的難看。她摸摸我的頭，說：「很乖，是個好孩子，懂禮貌。」

說著，她的笑容不見了，嘆了一口氣，眼眶紅紅的，對祖母說：「如果阿勇在我身邊，我也有這麼大的孫兒了。」

「過去的就讓它過去吧！這麼多年，妳也被折磨得夠了。目前，妳安心地在這兒住下來，如果那消息正確的話，我會盡力幫助妳找到他的。」

原來五姨婆祖這次到廈門來，是聽到鄉下的傳言，說有人在廈門看到一個長得很像她兒子的人和一些台灣人混在一起。她對這傳言深信不疑。多年來潛藏在她心底的盼望終於出現了曙光。從來不曾出過遠門的她，探得了我家在廈門的住址後，東借西挪，籌足了路費，就壯著膽跟著鄉里間往來廈門的客商到我家作客了。

「妳安心的住下來吧！將養將養妳的身子。我們姨甥倆多年不見面了，有好多話要說呢！找阿勇的事，我會盡心為妳做的。」祖母安慰著她。

雖然大人們對這則消息不敢置信，祖母還是派人到報社登了尋人啟事。沒進過學堂的五姨婆祖，不相信登報的功效。每天一大早就出門，大街小巷地找兒子去了。每次出門，她一手拎著一個布包，裏面放著一雙她親手為兒子納的黑布鞋，還有一套深藍色的男人衣褲。另一手是一把黑雨傘，遮日蔽雨，又可當枴杖用。可是每天下午，當看到她臉容慘淡，又疲又累，失望地回來時，一家人都感到愛莫能助地心疼。

阿莉每天帶我上下學，一路上她常常沒話找話說，最喜歡講給我聽家裏的瑣事。這幾天，她的話題總離不了五姨婆祖。她說五姨婆祖到廚房舀水洗手，丫頭趨前幫她，發現水缸裏水不多了，就順口叫長工去擔水。五姨婆祖聽了很不自在，說阿梅是在提醒她不可以多用水。還有一次，廚娘要討好五姨婆祖，問她喜歡吃什麼菜餚，她可以試著做。想不到五姨婆祖卻追問她，是誰嚼了舌根，背後編她嫌廚娘做的菜不合她的口味，不停地向廚娘道歉，害得廚娘尷尬萬分。

姑媽帶表姐、表弟們回娘家，帶了很多好吃的東西，我們小孩子高興得不得了。姑媽抽出一大包的糕餅送給五姨婆祖，無心地說讓她帶回鄉下慢慢地用。當天晚上，五姨婆祖就向祖母辭行，說她隔天一早就回鄉了，姑媽送她的糕餅正好做路上的乾糧。祖母一下子就聽出話來了，趕忙給她說那糕餅是放了一年都不會壞掉的，要她別多心。說姑媽是對她表示敬意，沒有別的意思。還在想方法幫她找兒子呢！一提起找兒子，總算把她留下來了。

有一次我聽到三嬸兒跟母親說，五姨婆祖說她已來了我家一個多月，吃掉了很多米飯，實在很過意不去。相處了這一段時日，三嬸兒正感受到五姨婆祖凡事敏感的個性，可是有時還是會有疏忽的時候。她猛然記得前一個晚上，在飯桌上，當著五姨婆祖的面，向阿母報告米快吃完了，要叫米商送一袋來。大概就是這樣引起五姨婆祖的多心了。於是趕忙回答五姨婆祖：「你老人家的飯量太少了，連我三歲的兒子都吃得比您多。大家都是自己人，我們都希望您多多保養身子，像阿母一樣的福康。將來兒子歸來，就有後福可享了。」

母親說：「五姨婆祖這一生也太苦了。阿母說她年輕時多麼乖巧、多麼能幹，又多麼討人喜愛。可是這麼多的折磨與刺激，讓她的心智和性僻都變了。阿母要我們好好地侍候她。」

「我知道的。說起來她是夠堅強的。一生顛沛，要是我，可難活下去了。」三嬸兒回答。

「她是靠找到兒子這信念才撐下去的。但願皇天不負苦心人，讓她如願吧！」母親虔誠地雙手合十，為五姨婆祖祈祝。

兒子的消息如石沉大海。五姨婆祖每天坐立不安，心神不寧，祖母安慰她的話也不知道有沒有聽進去。終於有一天，她忽然掛意著兒子可能已回鄉了，就堅持著要回去，誰也留她不住。祖母只好派人送她到輪渡去。

這以後的兩年中，五姨婆祖又來我家小住過好幾次。她精神恍恍惚惚的，可是白天仍是堅持上街找兒子。據她自己說，除了大街小巷地走外，她常常守在進入市場的通道、戲院大門口，或人多的地方，希望機緣湊巧地碰到兒子。

每當五姨婆祖住在我家的那個時期，大人、丫頭們說話都很小心，怕無心的話語引起五姨婆祖過敏地猜疑。

「她的身世及遭遇已夠可憐了，不能再給她受刺激。她本性不是這樣的，是太多的折磨讓她心性都變了。」祖母說。

有一件事，這麼多年來還深印在我的記憶裏而令我懊惱不已的，就是在一個週末的早上，表哥、表姐妹們來我家玩。五姨婆祖剛用過早飯，在走廊上歇著。祖母上廁所去了。五姨婆祖看到表哥們上樓來，一時眼花，情緒恍恍惚惚，忽然從喉底發出一聲令人心靈顫動的驚呼，一反往常蹣跚的步伐，跌跌撞撞地衝上前去，伸出又枯又瘦的雙臂抱住表哥，口中又哭又叫著：「阿勇，你回來了。我找你好苦啊……」

表哥大嚇一跳，趕忙把她推開。男孩子氣力大，差一點把五姨婆祖推倒在地。幸好表姐在一邊，趕忙把她扶住了。

「五姨婆祖，妳認錯人了，這是我哥哥呀！」表姐以前見過五姨婆祖，她一邊說，一邊把她扶坐在椅子上。這時候，祖母在內間聽到吵鬧的聲音，急得三步併成二步出來了。弄清楚是怎麼一回事後，搖頭嘆息著。她苦著臉，著令丫頭把哭得歇斯底里的五姨婆祖送進房裏休息，她自己也跟進去了。

過了個把鐘頭，五姨婆祖情緒定下來了，堅持著她每天的行程——上街找兒子。祖母拗她不過，認為讓她出去散散心也好，也就不阻攔她了。

祖母送五姨婆祖到扶梯口，表哥從書房裏鑽出來，一個箭步走上前去，攙扶著五姨婆祖，對祖母說：「外婆，妳歇著，我送五姨婆祖下樓。」

「真是一個孝順的好外孫。」祖母嘉許著他。

我的這個表哥一向是調皮好玩的。我看他一手的手心裏揑著一捲白紙，就猜想到他玩著什麼花樣。我倚在對著樓下大門的走廊欄杆上，看著他一手攙扶著五姨婆祖，另一手抖開手心裏的紙兒，把一條上面用濃墨寫著「這是瘋子」的二尺長字條貼在她的背部。我張開嘴巴要叫出來，表哥卻轉過頭來，眼睛看著走廊上的我，用手勢示意我噤聲。我目瞪口呆，眼睜睜地看著五姨婆祖從大門走出去。

整天，我心緒不寧，連中午吃飯都嗆得咳嗽不已。我很焦急，也很懊惱，覺得不該這麼作弄老人家。可是表哥卻無事人似地，有說有笑，飯量出奇地好。

好不容易捱到黃昏時刻，五姨婆祖回來了。我很緊張，抖著聲音打招呼，叫一聲：「五姨婆祖，妳回來了。」就低下頭去。

五姨婆祖從短襖的口袋裏摸出一包椰子糖遞給我，說：「妳是一個好女孩。妳祖母很疼妳，不要學壞了。」

她轉頭看一眼表哥，臉色平平板板的，看不出她有什麼感覺，只說：「你真頑皮，開老太婆的玩笑。路人幫我拆下來的。」

她一邊轉進通房間的大廳，一邊口裏喃喃地自語著：「當年，阿勇不聽話，調皮、使詐、逃學，我總是打罵他。現在回想起來，打在兒身，痛在娘身啊！……阿勇啊！你可知道娘的心？……」

我看著手掌中的椰子糖，心裏難過得眼淚掉下來了。

過不了幾天。五姨婆祖就回鄉了，那是我最後一次看到她。

不久後，中日戰事爆發，我們全家逃難菲律賓。那時代，國內兵荒馬亂，親人們都失去了聯繫。而當我們在海外的生活剛安定下來，第二次世界大戰又把菲律賓捲入戰爭的漩渦。故鄉是回不去了。大人們思鄉情切，閒談中話題總是繞著故鄉的風土人情、親屬鄉鄰。那些我兒時在故土所熟悉的親人們，就在他們重複又重複的敘述中，在我腦海裏留下了深刻的印象。雖然說，年代久遠了，印象逐漸模糊了。可是認真地思索起來，卻仍是不會磨滅的。而五姨婆祖的形象，就這麼長久地存留在我的記憶中了。

故事講完了。我輕輕地吁了一口氣。

女兒清脆的聲音在我耳邊響起：「媽，妳常說現代社會紛紛擾擾，現代人過的日子太緊張，人事太複雜，生活就失去了悠閒安寧的感覺。妳常常嚮往童年時代的純樸社會，說是一個深富有單純樸實之美的世界。可是像五姨婆祖的一生，不是充滿了悲哀與無奈嗎？」

「自古以來，人性都是一樣的。有愛有恨，有笑有淚，有希望與苦惱，也有歡樂與悲傷。」我感慨地說。

「這麼說來，媽，雖然年代久遠了，可是基於人性的共同點，妳偶有所感的時候，還是會舉出像五姨婆祖或什麼古早的人來對我做不公平又不恰當的比喻了？」

女兒把話題一轉，就繞回了講起五姨婆祖的起點。沒等我會過意來，她裝出一副滑稽的笑臉，就跑掉了……

二十年過去了。聽我講故事的女兒已經做了母親，有一個十多歲的女兒，這屬於後現代新人類的孫兒輩，是不是還會像她媽媽小時候一樣，纏著我給她講五姨婆祖——這麼一位已受時代淘汰的古老人物的古老故事？

二〇〇三年十月二日

三、瑛仔和森輝舅公

去年二月間，我收到一封國內來信。寄信人吳秀碧。我一時記不起她是誰，再看通訊處，是漳州縣壺嶼鎮。於是我想起來了，那是瑛仔和森輝舅公收養的女兒。七年前，我陪母親回鄉下，跟她見過面的。

信上是這樣寫的：

「阿瓊女士：家母已於正月二十六日辭世，她走時很安詳。

自從我懂事以來，就常常聽先父母提起您們一家人。中國開放後不久，先父辭世。我們母女每年仍收到一筆令尊接濟的款項，讓我們衣食無缺。雖然我不認識您們，但是當年由先父的敘說中，我知悉我們之間的親戚關係，只因為身份及貧富懸殊，自卑的感覺令我不敢去信打擾，可是一向是心存感恩的。

七年前，您們姐妹奉陪令堂來鄉下看先母，親情的溫暖，令先母感激零涕。這以後的日子，她就常常瑣瑣碎碎、長長短短地對我敘說了當年在廈門和您們一起生活的往事。就這樣，在感覺上，我彷彿跟您們一家人熟悉起來了。先母過世，我是應該給您們報訃音的，畢竟您們一家是先父母在世時的唯一親屬啊……」

瑛仔過世了，我把這消息告知母親。她嘆一口氣說：「八十歲，也算長壽了。」又說：「她一生也是不容易過的。」

說起來，瑛仔嫁給森輝舅公，在輩份上，我應叫她一聲妗婆。可是記憶中，祖母並沒有要我這樣稱呼她，她初來我家的時候，下人們在背後說起，也常常不經意地用「番婆」的字眼代替她「瑛仔」的名字。

那時候，我家住廈門，父親走南洋，偌大的樓房只住著婦孺老幼。祖母回鄉一趟，就把娘家遠房的族弟帶回來幫著看門戶。雖然年代久遠了，可是森輝舅公的形象還清晰地留存在我腦海中。他個子高高的，一臉的憨直相，下巴常留存著些沒有剃淨的短髭。平日他不大開口說話，祖母問他話時，回答總是口吃得厲害。

他每天的工作是挑水、劈柴挑到廚房裏，做丫頭們體力不夠的粗重工作，或出門辦差事。我記得大弟讀幼稚園時，每天都是騎在他肩膀上上下學的。而只有在那一刻，我才會看到他的笑臉，配合著大弟呵呵的笑聲嘿嘿地笑著。

聽大人們說，森輝舅公稟性忠厚，腦袋卻不靈光。他父母相繼去世後，家裏幾畝田就被族親霸佔了，落得給同村莊稼人家做苦工，不但三餐不繼，且居無定所。祖母有一年回鄉，就把他帶來廈門。

森輝舅公年齡大過父親。他四十出頭的那一年，祖母憑媒妁之言，給他定了一門親事。我聽丫頭們在背後嚼舌根，說這番女是當年她的父親在海外娶了番婆生的，七歲時死了母親，父親把她帶回家鄉給祖母撫養，自己又出洋了。十多年來音信全無，也不知是生是死。兩年前，她祖母去世，伯父母容不得番女和他們一起過活，就找了媒婆阿香姆把她嫁到我家來了。聽大人說她伯父母收了祖母一筆為數不少的聘金，所以說是明媒正娶地嫁過來了。

媒婆阿香姆送瑛仔來我家的那天，學校裏開遊藝會，丫頭阿梅接我回家時，已是薄暮時分。天井裏，表兄弟姐妹正追逐遊戲著，我知道樓上有熱鬧看，不理他們，徑直地跑上樓。走廊上，奶媽們各抱著一個小弟妹，和丫頭群在客廳門外看熱鬧。我把書包扔給阿梅，跳跳蹦蹦地跑進大廳。哇！滿屋子都是人。祖母坐在正中央的太師椅上，背後站著母親和三嬸兒，她的左首坐著森輝舅公、父親、三叔，右首是姨媽、大姑媽，剛從南洋返來的鄰居秀姑媽，還沒出嫁的小姑媽傍著她，兩人吱吱喳喳地不知道在講些什麼。我禮貌地向大人們一一問好後，眼光左右搜索著，看看神態侷促不安的森輝舅公，又看看滿臉笑意的祖母。姑媽知道我想問什麼，笑著說：「新娘子在新房裏哩！上去看吧！」

我家住的是三層樓房。以前樓下租給一門親戚，後來搬走了。我們一家住二樓。三樓是彈子房、貯藏室，還有兩個客房，其中的一個就佈置做新房。這時候，小姑媽拉著我的手說：「走！我帶妳看新娘子去。」

我跟著小姑媽登樓。掀開掛在新房門上的布簾，我看到新娘子穿著一套紅色衣褲的背影。媒婆阿香姆就站在她面前，正好對著我們。她蹙著眉頭，正在對新娘子說著些什麼。新娘子使勁地搖頭，一頭深棕色、髮梢鬈曲的的髮絲就在腦後擺動著，很好看。

阿香姆看到我們進來，慌忙換上一副笑臉。她胖臉上表情很誇張，咯咯地笑著招呼我們：「阿！阿瓊姑娘放學回來了。要看新娘子啊！來，來，來。」

阿香姆微微地俯身，伸手捏著新娘子的手臂，輕輕地推了她一下。新娘子一扭身，掙脫阿香姆的手，轉過身來，瞪著我們看。

我仔細地端詳著新娘子。她的膚色很深，眉毛很濃密，眼睫毛長長的，有一對微微鼓出的大眼睛，眸子是棕色的，鼻子寬闊，兩片厚實的唇兒上塗滿了紅紅的唇膏。我心裏忖著：這，不就是常常在彩色圖片上看到的番邦女子嗎？

阿香姆指著我們，對新娘子說：「瑛仔，這是老太太的小女兒和大孫女，以後妳們是一家人了。」

新娘子緊閉著唇兒，不吭聲，也不理睬我們。我看得出她不在乎我們，心裏有點兒彆扭，輕輕地扯一下小姑媽的衣角。小姑媽也感到很尷尬，對著一邊搬坐椅，一邊一疊連聲地請我們坐的阿香姆說：「不用客氣，我們只是上來走走。不打擾了。你們歇著吧。」說完，就拉著我下樓了。

那天晚上，家裏排了一桌豐盛的喜筵，不請外客，都是自家人。大家坐定後，祖母令森輝舅公到樓上帶新娘子下樓敬酒。森輝舅公去了一會兒，卻單自下樓來了。他囁囁嚅嚅地說：「瑛仔身體不舒服，不能下樓來。」

祖母心裏不高興又無可奈何。大姑媽趕忙說：「算了！算了！番仔婆哪懂得中國禮數？不計較這些了，只要明年給森輝舅生個白白胖胖的兒子就行了。」

阿香姆走後，大姑媽也帶著孩子們回去了。家人各自回房，正準備就寢時，忽然三樓傳來乒乒乓乓摔東西的聲音，接著是瑛仔尖著嗓子又哭又叫，嘰嘰呱呱的番仔話，我們都聽不懂，當中卻間雜著幾句鄉下話，她嚷著：「我不要嫁老尪，我要回家！」

大人們面面相覷，不知所措。這場吵鬧到底持續了多久，我不知道。或許是瑛仔氣力用盡，安靜下來了，又或許是我睏了，睡著了，也就什麼也沒聽到了。我只知道，隔天早上，一切都平息了。

一連四五天，瑛仔都不肯下樓，每頓飯都是森輝舅公送上三樓的。祖母一籌莫展，束手無策。森輝舅公整天苦著臉，做起事來無精打采，閒著的時候就低著頭，坐在走廊一角落，癡癡呆呆的，家人問他瑛仔怎麼了，他搖搖頭一副可憐相。

在一個清晨，瑛仔自動地下樓來了。她從祖母跟前經過時，低著頭，什麼話也沒說，一溜煙地快步走進廚房。沒有人說什麼，只是每個人都鬆了一口氣。

這以後，瑛仔每天早起，一下樓就掃地，抹桌椅，把走廊和庭院打掃得乾乾淨淨。本來做這份工作的丫頭倒清閒了，她坐在一旁打弟妹的毛線衣。祖母當面稱讚瑛仔做事勤快，身手乾淨俐落。她似笑非笑，不知道是高興還是不高興。每次祖母跟她說話，她只回答「是」或是「不是」，「有」或是「沒有」。在人前，她不理睬森輝舅公，倒是和丫頭們有說有笑的。而祖母，卻是「心裏一塊石頭落了地」。

有一次，阿梅告訴母親，瑛仔在鄉下的日子不好過，自從她祖母去世後，她的伯母就不把她看成一家人。她堂弟妹上學堂讀書，她沒份。每天天未亮就得起床做家事，侍候一家六口。燒飯、洗衣、掃地、餵雞鴨、餵豬、種菜都是她每天必做的工作。趕集的日子，她要挑了蔬菜和雞鴨到十多里外的市鎮賣，回家晚了，卻只是吃些冷羹殘飯。瑛仔說，她現在過的是好日子，可是嫁給老尪，實在不甘心。她想來想去，又沒有別條路可走，就只好認命了。

有一次，丫頭蹲在井邊洗衣，瑛仔從井裏汲水給她用，口裏唱著歌，歌調很輕快，歌詞聽起來不是中國語，不過很悅耳。我感到有趣，就跑過去了。丫頭抬起頭來笑著跟我打招呼。瑛仔停口不唱了，沒理我，自管自地把水桶放進井裏汲水。我感到沒趣，就跑開了。

為了要讓瑛仔知道我要跟她好，有一次，我拿了一個南洋寄來的芒果，找到她：「送給你。」她搖搖頭，不肯接，說：「不是老太太給的，我不能要。」

我拿著芒果跑回祖母房裏，坐著生悶氣。祖母問緣由，我說了。祖母讚許瑛仔做事有分寸，要我再把芒果送去給她，就說祖母知道的。可是我感到沒興趣，不去了。這以後，我怕碰釘子，索性不再跟瑛仔打交道了。

祖母過生日的前幾天，瑛仔跟著森輝舅公上街買東西。回來時大包小包。丫頭們都上樓到她房裏看去，吱吱喳喳地，就是沒我的份。到了祖母生日的那個晚上，家裏來了很多客人，鬧哄哄地。瑛仔穿著前天上街買回來的一件紅色綢緞裁成的旗袍。高高的領子上、袖口和開叉的下襬都繡著小紅花和綠葉，還滾著金色花邊。她胸前垂著一條金項鍊，手腕上戴著玉手鐲，都是嫁過門時祖母送給她的。瑛仔今晚的打扮真是特別有趣，她耳垂上戴著一對亮閃閃的銀色長耳墜，頭一轉動，那一抹銀光就晃來晃去。一頭深棕色的鬈髮上繫著一條紅緞帶，上面綴著金絲線縫成的小花，鬢邊又簪著一朵紅色的玫瑰花。就像要賣弄她這身打扮似的，她拉著森輝舅公，喜氣洋洋地給祖母拜壽，把旁邊的人都逗笑了。父親說她像戲台上的劉姥姥。

隔天，瑛仔告訴小姑媽：「我從來沒有閒錢打扮自己，也從來沒有這麼喜樂過。仔細思量一下，都是老尪牽成我的，以後我會對他好一點。」

真的，這以後，家裏就沒人再看到瑛仔對森輝舅公頤指氣使，或當著別人的面給他難堪。祖母說森輝舅公為人忠厚，心地又好，菩薩保佑，瑛仔與他相處久了，當然會受感動的。

一年復一年過去了，瑛仔與森輝舅公相安無事。祖母熱切地盼望瑛仔懷上森輝舅公的孩子，好給這一房留個後。可是瑛仔的肚皮就是不爭氣，任憑祖母寺廟燒香還願，就是不能如願。

這一年的七月，蘆溝橋戰爭爆發。日寇揚言四個月內佔領中國，弄得全國民心惶惶。父親由南洋趕回國，帶著全家大小走避香港，等著在短期內辦好手續逃難菲島。走前，祖母給了森輝舅公一筆錢，囑他帶著瑛仔回鄉購置田地過日子，看以後時局變化如何，再做定奪。

我家移民菲島後，日寇的狂言並沒有不幸言中。國內到處燃燒著抗戰的烽火，我家與家鄉的聯繫維持著，直到福建被日寇佔據，音信才斷絕。

第二次世界大戰爆發後，菲島淪陷三年，光復後，不到幾個月，我國八年抗戰也獲得最後的勝利。家鄉捎來親人的信息，森輝舅公與瑛仔無恙，只是生活困苦。父親就常常給他們寄錢，讓他們過好日子。那時候，森輝舅公年事已大，又患風濕，不能下田做活，就在住家門前開了一家小店，靠微薄的收入過活，還抱養了一個女兒。不久，大陸政權轉移，我家再與他們斷絕了音信。

十多年前，我陪同雙親第一次回廈門。那時期，國內初開放，一切百廢待興。以國際水準來說，各地設施落後，交通也不發達，回鄉之路很不好走。母親在客旅中病倒了。於是，我們打消了回鄉的計劃。多年後，我偕同母親再回廈門。這一次，廈門的市容已煥然一新。高樓大廈林立，街市一片繁榮。而且直達鄉里社鎮的公路四通八達，建造完竣。於是由一位親戚開車帶路，車子馳騁在寬闊平坦的大路上，只需一個多小時就抵達漳州祖居。我陪著母親探訪故居的親戚故舊，深深地體驗到「訪舊半為鬼」及「兒童相見不相識」的人生況味。

最後，我們來到壺嶼鎮，那是祖母和森輝舅公的故鄉。經路人指點，我們找到了瑛仔居住的小屋。

這是一間鄉下典型的小賣店，非常簡陋。店面敞開著，擱在地上的一個個木桶裝著番薯、芋頭、玉米、綠豆、紅豆……等副食品。左右架子上，一邊是瓶瓶罐罐的糖醋油鹽之類的調味品，另一邊則是碗、盤、碟、筷子、調羹，及一些大大小小的炊具。

靠門的地方，高背的竹椅上坐著一位白髮蒼蒼、滿臉皺紋的老嫗，看到我們跨進店口的門檻，她面容驚奇、睜著充滿了問號的眼睛，微張的嘴巴，吃力地從椅上站起身來。

那是瑛仔，她的容貌特徵讓我們很快就認出是她。雖然歲月不留情地在她的臉容上刻劃了它走過的痕跡，可是我們還是辨認出是她。而一瞬間，她也認出母親來了。

瑛仔眼眶濕了，淚眼模糊的她激動地問著祖母何年去世，父親可好，我們一家人可好，她抽抽噎噎地說，做夢也不敢相信今生還能看到我們。然後，她忽然想起了什麼，朝著通屋子後面天井的小門大聲地喊著：「阿碧！阿碧！快來呀！快出來呀！」

一位四十多歲的中年婦女急步從後門進來，她雙手濕漉漉，不停地在圍裙上揩著，張著驚奇的雙眼看著我們。

瑛仔指著她對我們說：「這是我的女兒阿碧，跟我住在一起，她的男人現在下田了，兒子八歲，進學堂讀書。她呀，做家事，還照管著這家小店哩。」

不一會兒，左鄰右舍聽到了動靜，都跑來看熱鬧了。小店擠不下幾個人，大夥兒都圍在門口。瑛仔很高興又很自豪地對他們大聲說：

「這些客人是我家海外的親人，坐飛機從菲律賓來看我們吶！」

臨別的時候，瑛仔對母親說：「鄉村屋子很破舊，不敢留您們住。再來廈門時，就託人帶個信來，我會帶阿碧、女婿和孫兒去廈門看您們的。」又說：「當年我嫁到您們家時，從鄉下到廈門，路程要費一天的時光，先走了一段長長的鄉村小路到河邊乘船，幾小時後登岸又搭小汽車，再換人力車，真累死人。幾年後，我跟森輝回來，也是一樣的辛苦。現在可舒服了，坐一個多小時的公共汽車就可以到廈門。我多麼想在還活著的時候去看看我住過的那座洋樓呢！」

言猶在耳，時光卻悄悄地在不知不覺中溜走了一大段。瑛仔故世了。這些年來，自從與我們重逢後，寒微的她，是不是天天翹首指盼，等候著我們回去，好給她完成這生前的小小願望？在她的生命中，坎坷的身世曾經壓迫她向命運低頭。如今，在歷盡數十載滄桑歲月後，當她回顧過去的日子，是否認為也曾經有過一段安寧和順的生活、享受過一份人間的天倫之樂？

二〇〇四年十月七日

雨 夜

週末晚上，一陣滂沱豪雨後，天空黑黝黝地還飄著霏霏細雨。晚飯過後，王老伯家裏來了一位冒雨造訪的不速之客，是由老大漢元帶進門來的，這由不得王老伯感到事態不尋常了。

王老伯所住的這條私巷，左右各有一排四間並連的房子，是二十年前王老伯傾盡積蓄向舊業主購得的厝業。他和老妻住在右邊靠後的一間，出嫁的女兒就住在他的緊鄰。前面左右各二間分由兒女都已成行的四個兒子居住。五年前，王老伯的長、次兩孫先後娶妻，王老伯就把空著的兩間分給他們。因為兒孫輩住得近，王老伯夫婦老年一點兒不寂寞。兒孫早晚承歡膝下，使這對勞碌一生的夫婦感到對生活的滿足。

去年，王老伯八十壽慶，兒孫輩設壽筵大宴親朋好友。當晚王老伯心情興奮，喝了點酒，宴會散後回家途中，突然嘔吐起來，左臂發麻，心胸像受踐踏般疼痛得癱瘓在車座上。坐在他身邊的王老姆慌得方寸大亂，一邊揉著王老伯的胸膛，一邊一疊連聲地催著已把車頭調向醫院開去的兒子把車開快點。好不容易在急救室把王老伯從鬼門關裏搶救出來，又送入心臟特別護理室治療了一個星期，才轉到普通病房調理。經過了二個多月的折騰，總算獲得主治醫師的准許出院。這一年來，王老伯遵循醫師的囑咐，足不出戶地在家靜養。一向身體遠較王老伯健朗的王老姆，悉心照料著王老伯的日常飲食起居。而兒女們懂得靜養對心臟病人的重要，就不像以前一樣每天都要把繁雜的店務向他報告，並約束家裏的小孩子群，不讓他們在王老伯居住處喧嘩吵鬧，甚至對來探病的親友也諸多限制，盡量地請他們避免於晚上來訪，以防病人過分勞神。所以今晚，當漢元帶引了陌生客進門時，王老伯不禁驚愕得從沙發裏撐起上半身，緊張地睜著一對老眼審視來客。

來客穿著一身土氣的洋服，頭髮稀疏灰白，稍嫌清癯的臉龐上溝紋深淺分明，看起來有六十開外的歲數。他的身材結結實實，皮膚黝黑粗糙，一副莊稼人的模樣兒。他進門時神情怯怯的，在一瞬間卻激動起來，等不得漢元為他引見，他一個箭步急趨王老伯坐臥的沙發前，說話的聲調因亢奮而顫動著：

「王老先生，你……大概……認不得……我了？我……我是四十多年前來菲的……台灣兵財旺啊！」

四十多年前？那是多麼遙遠的一段年代，卻一下子被來客扯到眼前來了！王老伯先是一怔，繼而高興得臉上掛著驚喜的笑，一雙深深陷入的失神眼眸瞬息間閃亮了。他嘴唇蠕動著，激動得發不出聲，微微喘息了一下才迸出話兒來：

「財旺！是你！真的是你？」

王老伯朝財旺伸出顫抖的手。財旺趕忙俯下身子，把王老伯冰涼的手兒握在自己雙掌中。站在一旁的漢元，趕忙推過來一把椅子，讓財旺在王老伯的身側坐下。

這時候，在廚房裏忙著的王老姆，聽得到客廳裏的動靜，也趕出來了。她一邊把水濕的雙手在圍裙上揩著，一邊大聲說：

「財旺！真想不到是你來了！四十多年真是一轉眼就過去了。你和吳大川走後，我們一直記掛著，一直盼望著你們來信，哪兒知道你們返台灣後就音信全無呢！」

王老姆的話意關懷掛念中有怪責的味兒，這使財旺臉紅起來。多年來一直困擾著他的歉疚之情漲滿了胸懷，他不好意思地搔搔頭髮，一副尷尬中參有惶恐的神情。他歉然而又心急地把深藏了好久的心意表達出來：

「王老太太，我慚愧死了！當年你們一家人和眾鄰居的大恩大德，我和吳大哥是沒齒難忘的。當年我們是日軍編制下的軍人，你們卻拿我們當同胞看待，還體諒我們是身不由己，被強徵入伍的順民，像對待落難的親屬一般照顧關懷，這份恩情足夠令我們一生銘感五內的。更何況馬尼拉光復後，我們被關進俘虜集中營，要不是藉著王老先生的大力，我們豈能在短短的一個月後就被遣回台灣與家人團圓？因為被遣送返台灣前我們毫無所知，直到被送上軍艦，才明白是天大的喜事，想捎個信兒給你們致謝再生之恩，卻找不到送信的人。回台灣後，想寄信又沒個地址。怪只怪我和吳大哥兩人，一個英文字母不識，被派在對街看顧倉庫三年，雖也偶爾上街走走，或到軍部報告，卻是只認路不認街名。這一事直讓我和吳大哥耿耿於懷，吳大哥臨終的前幾天，還為此事深感遺憾呢！」

財旺一口氣把長久鬱存在心坎裏的話傾洩出來，頓時如釋重負般地感到心胸一陣舒暢。可是，吳大川棄世的消息卻令在座的人感到意外，當沒有思考到歲月已經馳逝了一大段時，吳大川在久別的人印象中，仍然是當年剛屆三十歲的壯健青年。

首先，王老姆受震驚地一連串問著：

「什麼？大川過世了？怎麼會呢？他較我和老伴還小幾歲，又生成一副強壯的身體，哪會比我們先走？真是的……唉！這是哪一年的事？得什麼病？」

「是兩年前一次的中風，急救無效死的，對家人什麼都沒交代就走了。」財旺神色黯淡，簡短地答著。

王老伯無限感慨，他屈指一數，低沉地說：

「走時也有七十二歲了。人生七十古來稀，像我，豈不是風中殘燭，也不知道哪一天無常一到，說走就得走的。想當年……」

因為財旺的出現，王老伯一想起當年，就被局限在菲律賓淪陷的那個時期。日軍入市的那一年，王老伯剛滿三十五歲，是生命富強又穩定的壯年。而住在這巷子裏的鄰居，戶主都是三十出頭、四十不到的漢子。大家本各有一份固定的職業，平時和睦相處地過著安定的生活。太平洋戰事一爆發，短短的二個月內，日軍佔領了馬尼拉。在鐵蹄的蹂躪下，工商業癱瘓。居住巷內的人家，為了生計，不得不各想出謀生之路。王老伯緊鄰的老張，戰前執教僑校，淪陷時期學校關閉，他就當起家教餬口。對面一排的三家住著姚氏三兄弟，本來共同經營一家鐵業，日軍入市後，店裏全部存貨查封，只好輪流推著一部四輪手推車在大橋頭擺攤子賣些日常用品。陳老太太本是烹飪能手，每天閒著無事，就做些米糕、芋圓、肉粽之類的點心，讓十五六歲的孫兒們沿街去叫賣。王老姆當年是個精明能幹的年輕主婦，雖然帶著三個小孩子，卻在理家之餘，在家開設了縫紉班，專教女孩子們裁衣刺繡。王老伯戰前是電台的技術人員，淪陷期間民間電台關閉，像一般的愛國志士，在這段黑暗的歲月裏，他加入了抗日組織，從事神聖秘密的地下工作，但表面上看來，他受太太的蔭庇，終日遊手好閒，每天不是逛街，就是看書下棋，較之鄰居為生活奔波的戶長們，可以說是最優游自在。

這條住著八戶人家的私巷，巷口正對著對街倉庫的大門。倉庫本屬於一家麵包店的棧房及烘麵包工場。日軍查封所有的棧房及倉庫時，這一家當然也不能倖免。每隔三五天，就有日本軍人駕駛著向民間強徵得來的大貨車來拖存貨，把一大袋一大袋麵粉滿載帶走，走後大門就反鎖著。不久後，這偌大的一片地方就被利用為戰時倉庫，一箱箱的軍需品由軍用卡車運送進去，還派了兩個軍人駐守。

自從對面住進兩個日本軍人以來，巷內人家都提高警惕，戰戰兢兢地避免惹禍。巷口安裝上鐵門，連白天都上鎖。男人們上街，走出巷口時都低著頭走路，正眼都不敢一瞥倉庫大門。女人們無事連自己的家門都不出來，免得給對面的日本軍人透過鐵門的空格窺個正著。直至有一天，陳老太太有事上街，出了巷口突然發現對面的軍人坐在倉庫大門邊的椅子上納涼，眼睛定定地看著她，心一慌，纏小的腳底下一滑，就跌坐在巷口人行道上。正自驚恐不已，對面的軍人竟跑過街來扶她起來，嚇得老太太一顆心差點兒從口腔裏跳出來。

「老太太，跌傷了沒有？」那年齡較大的軍人竟操著閩南鄉下語問她。

這一來，老太太渾忘了自己摔了一跤，驚喜得答非所問地反問著：

「你……你們是中國人？」

兩個軍人爽朗地笑了，年長的說：

「對，我們是台灣省人，我叫吳大川，他叫黃財旺。」

「哦！謝謝你們。」陳老太太驚魂已定，忙著道謝，又接著說：「這幾個月來我們提心吊膽，怕惹上看守倉庫的日本兵，帶來禍端。現在好了，是我們自己人！」

陳老太太一向口才伶俐，又好待客，說完話就歡天喜地地把吳大川和黃財旺讓進自己家裏請茶奉煙談家世。

自此以後，吳大川與黃財旺就常在陳家出入，不久也與巷內其他人家打成一片。吳大川的棋藝不錯，每天閒著無事，就過來與王老伯對弈幾局，而成為王老伯不可多得的棋友……

當王老伯的意識還浸在舊事的緬懷中時，漢元思索著先前財旺的話，不覺「咦！」的一聲叫出來：

「財旺哥，你說沒有這兒的地址，又怎麼能找上來？」

財旺靦腆地笑一笑，清一清喉嚨，現在他的情緒已漸平復，但心情卻很複雜，想著吳大川的辭世，他很傷感，他在追思中以嚴肅的表情講述著這件事：

「吳大哥生前與我過從甚密。我家的幾畝薄田和吳大哥的果園只隔一條小河，有一道木橋跨接兩岸，閒來無事就常聚在一塊兒談天。我們常說等政府當局解除居民旅遊限制時，就結伴來岷市找訪你們。當時，吳大哥就說隔這兒幾條街的那座大橋是以菲國第一任總統姓氏命名的，當年日軍潰退時雖被炸斷，但以它銜接岷市南北交通要道的重要性，一定會重修好，所以只要找到這座橋，就可以找到這條街了。唉！日子過得真快呵！一晃就是幾十年。當政府通過居民可以自由申請出國旅遊的法令時，吳大哥已辭世一年多了。吳大哥是真的沒緣再與你們相會了！……」

財旺不勝欷歔地低吁著，他頓一頓，又說下去：

「我是昨天抵岷的。旅遊團為我們安排今天上午市區遊覽。這兒市區的繁榮、市容的變化與原存在我腦際的印象迥然不同，使我又陌生又驚異。只是兜來兜去，就沒有看到我要找的大橋，於是吃過午飯後，我託導遊替我叫了一輛計程車，又麻煩他把橋名告知司機。司機把我載到大橋旁，咕咕嚕嚕地不知說些什麼，我聽不懂，就付錢下車，開始靠記憶找路。哪兒知道，經過了這麼多年，我的記憶都模糊了。找來找去，就是找不到這條街，越走越遠，後來甚至連那座橋也失了方向。好不容易花費了幾個小時的尋找，才又摸到大橋邊。這時候，天色陰沉沉的，大雨傾盆而下。我在橋邊的食館裏叫了一份麵食果腹避雨。當雨小的時候，我走出食館，在街邊的小攤上買了一把雨傘。在夜色中我徬徨地舉首四望，發現右首不遠處，路燈照射下有一座古色古香的羅馬式教堂，猛然記起以前常常從它的側門經過，登時高興得一顆心卜卜地跳。有了大橋和教堂做標誌，我就很有把握地摸準了方向。只是，當拐入這條街時，對面的那座倉庫已改建成五層鋼骨水泥大廈，令我懷疑是不是又找錯了地方，而左鄰右舍的房子也都改了觀瞻。要不是你們這條被夾在新建房屋中的巷子和舊時一樣，我怕自己會失望而返呢！」

財旺慢條斯理地敘述非常生動，聽的人都動容。王老伯嘆了一口氣，感慨地說：

「難得你有這份心意，令我很感動。可惜大川早走了一步，不然一起來了，那該有多好！」

「財旺哥，你這次來能逗留幾天？搬到我家住，怎麼樣？」漢元接口問，故意把話題岔開來沖淡王老伯的傷感。

「我是隨旅遊團來的，行程不能更改，後天就要赴香港了。」財旺的語氣含有惋惜的情緒，他一頓後又緊接著加上句：「不過，既然找到了，再過些時候，我會帶家人拜望你們的。」

王老姆高興得忙說：「那太好了，太好了。」想一想，又說：「今晚你就在這兒睡一夜吧？外面雨勢又轉大了，近來治安也不好，最好避免走夜路，更何況一別四十多年，不能一見面就走的。明天是禮拜天，讓漢元兄弟們陪你到處走走。」

財旺瞥了瘦弱的王老伯一眼，遲疑地說：

「王老先生的身體不好，會不會打擾了他？」

「不會！不會！」王老伯忙不迭地說，「好一段日子了，我沒有這麼高興過。你別走，讓老伴去做宵夜，用過後我就上床，不礙事的。」

財旺感激地朝大家笑一笑，算是答應了。於是王老姆就轉身入廚房去。

「王老先生，舊時那幾戶人家，您都還有聯絡嗎？」財旺關懷地問道。

王老伯搖搖頭說：

「好多年沒有他們的信息了。當年菲島光復後，姚家三兄弟鐵業存貨，已被日軍搬運一空，日軍潰退時又放火把那區域燒成一片焦土，三兄弟的家產蕩然無存，就搬家南下，到南部開創新業。陳老太太三十年前已作古，下一代移民澳洲。老張在抗戰勝利後，就帶著家眷返泉州，在故里執教，初時還來信，大陸易手後，就沒了信息。白家夫婦是大前年才先後過世的，兒子現在岷市經商，女兒在光復後不久就嫁到新加坡去了。而李家……李家的悲劇你是目睹的，岷市一光復，他們就搬離這傷心地，拒絕與當年的舊鄰居往來。」

「李先生還到菲游擊部隊告發吳大哥與漢奸串通，害死他兒子呢！」漢元插嘴說：「要不是我父親出面斡旋，大川哥才會死得冤枉呢！」

財旺受震驚地瞪大著雙眼，想起當年被關進菲游擊隊所管轄的俘虜集中營時的情景，仍心有餘悸。那些由地下工作轉為正統軍的菲軍人氣焰熾盛，把三年來受日軍欺凌殘殺的仇恨之氣都發洩在戰犯身上。他記得他和吳大川所挨的拳打腳踢彷彿比別的戰犯還多。他想著當年吳大川如果為這件案子被處死，他一定不能倖免。想著當年倚閭企待兒子安歸家園的老母，財旺不覺眼眶潤濕，冷汗涔涔然！

他站直身子，撲通一聲向王老伯跪下，至情流露地說：

「王老先生，您真是我們的救命恩人，請受我一拜。吳大哥地下有知，一定保佑您福壽雙全，一家人無災無難，如意吉祥！」

當財旺跪下時，漢元在一邊忙扯著他，卻被他掙脫了。現在看到他磕下頭去，更是慌了，一邊攔住他，一邊就著急地說：

「財旺兄，現在是什麼時代了，你還行古禮？快起來吧！」

好不容易把財旺扶起來，把他按回椅子上坐下。王老伯對他說：

「剛才一進門你就千恩萬謝過了，你再多禮，就是見外。其實，當年救你們脫難的是你自己善良的心懷。戰時我屬於華僑地下工作團，三年來與菲游擊部隊守望相助，並肩作戰，所以一直保持聯繫。當你們被俘後，我就找到負責審判俘虜的單位為你們解脫。我說你們是被強徵入伍的台灣兵，是我們的中國同胞。我強力地見證當日寇敗退時，曾下命令給你們炸毀所駐守的倉庫，可是你們卻趁著日軍潰退時的混亂，不顧自身違背軍令可能帶來的生命危險，矢意保全倉庫，使周圍的居民得倖免於難，這是一件功不可沒的事蹟。至於發生在李家的不幸事件，吳大川只是看不透漢奸心地的毒辣而犯下無心的錯誤，他的原意只是要為白家姑娘解圍。所以應受制裁的應該是那姓呂的漢奸。就這樣從菲游擊部隊手中把你們接過來交給美軍部安排遣送回台灣。」

財旺做夢也沒想到這件事還有這些曲折，一時激動得喉頭像被什麼梗塞著，呆呆地怔住了。

「這是個劫數！」王老伯搖頭嘆息，不勝欷歔。關於這不幸事件，他記得最清楚。那時候，離開馬尼拉市光復還不到一個月，根據從國際無線電台偷聽來的消息，盟軍已在禮智省登陸，菲島光復在即。際此軍情緊急之時，敵軍統帥仍以皇軍戰無不勝、攻無不克之詞向軍人及佔領地人民宣傳。因此，一般低層的軍營士兵，對實際戰況毫無所知。

那一天合該有事，白家姑娘秀玉上街，從巷子裏走出來時，在巷口正巧碰見對街吳大川送一位便裝中國人出倉庫大門。秀玉衝著大川微笑點頭，那邊吳大川也躬身答禮，引得那人目不轉睛地注視著秀玉，直至她在街角拐了彎，才收回視線。

隔天，那姓呂的即準備了一份厚禮，拉著吳大川陪他造訪白家。吳大川懾於他的特殊身份，不敢拒絕。在白家，姓呂的老著臉皮，說了一篇為同僑利益有保障，他不計一己之犧牲，將鞠躬盡瘁為共建大東亞共榮圈而努力的講詞。他莫名其妙地把白家夫婦恭維了一番，又盛讚白姑娘秀外慧中，是一位不可多見的美慧姑娘。嚇得白家夫婦滿身冷汗，只是唯唯諾諾地敷衍著。

隔幾天，姓呂的又再準備了一份貴重的禮物，仍然迫著吳大川陪他再赴白家。進門時，剛好李家兒子正在與秀玉熟絡地談笑著，吳大川情急生智，趕忙為姓呂的介紹李家兒子為秀玉的男朋友，滿以為這麼一說，就可以打消姓呂的對秀玉覬覦之心。哪兒想得到，當天晚上就有二個窮凶極惡的日本兵找到李家，叱喊著把李家兒子押走。當時，李太太驚恐萬分地尖叫著，拉著兒子的手臂不放，被其中一個士兵用力一推，就重重地跌倒在地磚上。李先生趕忙過來攙扶，也不管日本兵不諳華語，氣急敗壞地攔住他們質詢他們為何拘捕他的兒子，結果頭部被長槍柄擊傷。

這段期間，吳大川與黃財旺幫著李家向軍部查問此事，皆不得要領。過了五天，姓呂的來到白家，說是軍部查出李家兒子是抗日游擊隊員，是破壞中、菲、日合作的危險份子，已就地槍決。白家夫婦嚇得面如土色，手腳發冷；白太太差點兒昏厥過去。姓呂的大概認為秀玉已是甕中之鱉，也不急在一時，冷笑一聲即揚長而去。

當晚，盟機來襲。往後的幾天，每天都有警報。居民喜憂參半：喜的是就要重見天日；憂的卻是敵軍兇殘成性，潰敗時必有一番毀滅性的暴行。果真當大勢已去，敵軍在撤退時瘋狂地轟炸橋樑，火焚市區，及大事殺戮無辜，然後退據山區與盟軍頑抗。

隨著敵軍的撤退，姓呂的從此銷聲匿跡……

一碗碗熱氣騰騰、肉香四溢的餛飩湯麵捧上桌來。上湯是用土雞煨出來的。王老姆親自做出來的餛飩皮薄薄的，包著調了味的純肉餡兒，加上蛋黃色的麵條和翠綠的青蔥，把這道宵夜美食調得色味香俱全。漢元一口氣吃了兩碗。財旺剛用完一碗，王老姆又捧了一碗上來。財旺客氣地說夠了，經不起王老姆的催讓，又添了半碗。王老伯自從病後，一直胃口不好，吃了半碗就擱下了筷子。

王老姆把客房床褥整理好，讓漢元陪送財旺進去安歇，她自己攙扶著王老伯進睡房，侍候他在床上躺下後，又出來把客廳、餐廳、廚房收拾一番，等漢元走後，這才閂上門進房去。

王老伯安靜地側臥著，臉兒朝向牆的一邊，疲乏使他眼睛睜不開來。財旺的出現勾起了多少陳舊往事的追憶，這一段大動亂中紛紛擾擾、充滿生命活力的人生歷程又一次鮮明地映現在他腦際，令他疲憊中精神很亢奮，這是在病後靜如止水的日常生活中他不曾有過的經驗。這一年來，他的思想總是飄飄忽忽的，不能固定在某段歲月或某一件事上。逝去的人生縮影像跑馬燈一般地常常在他腦中雜亂地旋轉不休，而映出的景象又是模模糊糊的。那離開他時代最遙遠的貧困而溫馨的童年，回憶起來也不過那麼一閃即逝。只是當想起含辛茹苦撫養他長大，卻在菲國淪陷時病歿家鄉的老母，他會因沒盡人子的孝道而心底生出一絲絞痛自疚的感情。偶爾他也懷想到當年帶他飄洋過海，如今已埋骨故鄉的堂叔父，羨慕之情不覺油然而生。那早他一代來南洋墾荒的祖先，經過了一番艱辛歲月的勤奮經營後，在老年的時候都回故里安享餘年，百年後即和故鄉芬香的泥土化成一體。如今，時代不同，處境也有異，兒女們在異國土生土長，對家園的觀念不如他稠濃得化不開，對於他扶病返里的意念一點兒也不贊同。看樣子，他這把老骨頭只好埋骨異鄉了。他不知道醫生瞞著他告訴老妻及兒女些什麼，只看一家人這些日子來把他當玻璃吹成的薄瓶兒般地供奉著，他也猜得出自己的時日不多了。

窗外淅瀝淅瀝的雨聲越來越急，終於轉成急驟的暴雨，萬馬奔騰似地隆隆不斷，惹得王老伯心煩意亂。他瞌著眼皮，感到一隻微溫的手掌輕輕地按著他的額頭量體溫，並為他拉好被單。他知道那是老妻臨睡前對他關懷的例行工作。他假裝睡熟，免得她又為他的失眠不安。

雨勢逐漸轉弱，在這靜夜裏，隔房財旺熟睡後的鼾聲斷斷續續傳來，驅使王老伯又沉入島國淪日期間多少可歌可泣事蹟的回憶中。瞬息間，他為自己能在生命最旺盛的季節寫下一篇最具有意義的生命史而自豪。這意念令他全身熱血奔騰，慷慨激昂的情緒充滿胸懷。

王老伯突然覺得胸口脹悶得很難受。他用力吁了一口氣，翻身朝向床的另一邊，疲憊而強自睜開雙眼，直直看著隔床上與他同甘共苦五十餘載，為他帶來子孫繁衍的老妻。一陣悲涼襲上心頭，胸口鬱悶的感覺加劇。他感到好累、好乏。就這樣，他的意識慢慢地、慢慢地模糊下去。

翌晨，天色已霽，東方現出魚肚白，王老姆從朦朧中醒轉來，睜開眼來的第一件事，就是朝著隔床的老伴看去，這才發現王老伯半睜著翻白的眼珠對著她，微張著的嘴巴有一絲白色的唾液沿著嘴角掛下來……

心結

（一）

已是薄暮時分，天色說暗就暗，一忽兒屋外就黑黝黝地一片了。梅婷開亮了花園盡頭鐵門雙側石柱上的電燈，又把屋裏通車房的側門打開後，就轉入廚房準備晚飯。

兩道強烈的燈光由住宅的私人車道上射進來，接著是汽車以最低速度滑入車房的聲音。梅婷知道是丈夫下班回家了。

林振聲今天回家的時間是較平時晚了些，一走進門，就大聲地叫著傭人：

「露西亞，太太回來了沒有？」

「我回來了，在廚房裏。」梅婷一邊炒菜，一邊轉過頭來，朝著廚房的門提高聲音回答。

林振聲把公事包擱在連著廚房的餐廳桌上。走進廚房時，看到梅婷一個人在忙著，頗感意外地問著：

「咦，露西亞姐妹哪兒去呢？怎麼妳一個人忙著？」

「她們的母親由南島來看女兒，向我告一天假。剛好我的學生打電話來說明天學期考試，今天下午不上鋼琴課，我既可以不出門，就答應讓姐妹倆出去了。」

看梅婷被電灶的熱氣燻得額頭迸出一粒粒汗珠，林振聲取出褲袋裏的手帕，輕輕地替她揩去，微蹙著眉頭說：

「那妳又何苦自己一個人這麼忙著？我們可以上街吃館子去呀！」

梅婷當然明白這是丈夫對她的體貼，笑著說：

「好久沒下廚了，趁這機會做幾樣你喜歡吃的小菜，不是很好嗎？再說，治安不好，家裏晚上也不能沒人看著。」

林振聲在梅婷頰上親了一下，摟著妻子中年稍微發胖的腰身，親暱地說：「妳總是想得那麼周到，難怪親友們都羨慕我不但娶了美女，還是一位才德兼備、勤儉持家的好太太。很多朋友認為我的事業較父親時代更擴展，一半應歸功於賢內助。」

梅婷溫柔地瞄了丈夫一眼，笑著揶揄說：「好了，好了，不要自捧捧人了，我聽了都臉紅。現在，要不要先去洗把臉，再來吃飯？你今天晚回來，做好的菜都快涼了。」

「今天下午公司由海關領出一批中國大陸運來的建築零件，我等著檢收，就晚點走，走前打電話回家，就是打不通。」

「對了，就是志文兄妹打越洋電話來。志文說，昨天他由漢堡飛羅馬，到機場接倩文後，在旅館住了一晚，今天一早就送她住進大學的宿舍了。宿舍的設備一流，一切順利，要我們不要掛意。」

「那，倩文說什麼？」林振聲的聲調顯得很急切。

「你看，你心目中就只有這個心肝寶貝女兒！她說呀，要我們年假去看她。」

「咦！我們父女連心，我早就這麼想了。」林振聲喜不自勝，滿臉得意的神色。

林振聲邊說邊從廚房裏出來，拿起放在餐桌上的公事包，猛然觸起一件事，又折回廚房，揚聲叫著梅婷：

「差一點忘了講給妳聽一件令人驚疑不定的大新聞。」

「什麼大新聞，等會兒再說好了。菜涼了，再弄熱就不好吃。」梅婷笑著說。她知道丈夫常常喜歡佈疑陣，弄玄虛，來博家人開心，現在，她並不在乎什麼大新聞，卻在意他自己餓了肚子都不曉得。

「不急，不急。」林振聲打開公事包，取出一張弄皺了的舊報紙，沒頭沒腦地說：「妳說，天下哪有這麼湊巧的事？」

梅婷懶得再催他，也沒答話，收拾起電灶上用過的鋁鍋、煎盤等用具，轉身放在水槽裏沖洗。

「妳還記得徐倫嗎？那位由大陸逃亡來菲的青年？當年我們排演《豪門之女》，不就是邀請他來擔任副導演嗎？」

梅婷神情一震，剎那間反應不過來，竟怔住了。她背對著林振聲，他沒看到她神色有異，自顧自地說下去：

「今天下午，公司收到了幾箱中國運到的建築零件。在一份墊箱底的舊報上，我讀到一篇側寫長江三峽築壩工程的文章。上面說政府發動此項空前的浩大工程，不但轟動世界各國，甚且激勵早年留學國外，至今羈留未歸的留學生，凡在土木、建築、電氣、機械、水利各方面學有所長的專門人才，紛紛受聘於三峽工程委員會，返國參與此項建設。其中值得推介的是有……」

林振聲語氣一頓，把報紙湊近眼前。「別人不談了，這兒有一段介紹一位名叫徐倫的工程博士：祖籍福建。一九八〇年畢業福建省國立大學建築工程系。一九八三年榮獲北京大學建築工程系碩士學位。八五年赴德國進修，修完建築工程博士學位後，留校任教期間，致力研究歐洲各國道路、橋樑及江河水利系統概況。在接受本國記者訪問中，他語氣沉穩地說：十年來潛心研習建築及水利，心中一直在期待祖國復興建築的號召，以平生所學服膺祖國，藉此完成自身的理想與抱負，為國家的繁榮與強盛貢獻一己的力量。」

梅婷的心跳加速，思維亂成一團，她搖著頭，口裏喃喃地說：

「這不可能！不可能！他死了，是真的……那訃聞是真的。」

「是啊！真是一個不可思議的巧合！」

林振聲把報紙放下，沒發覺梅婷語音微微發抖，拿起公事包，說了一聲：「我上樓去了。」就走出廚房。

梅婷臉色灰白，「徐倫」這名字給她心靈的衝擊太大了，像一把鍾子敲打著她多年來緊閉的心扉，讓她簡直無力推拒。她緩慢地回轉身，一眼瞥見被擱在桌上的舊報，趕忙抖顫著雙手捧起來，用焦躁的眼光把全篇有關的文章從頭到尾一字不漏地讀完。可是除了林振聲所口述的以外，她不能在字裏行間找到任何被遺漏的關於徐倫的資料。她呆呆地出神一會兒，迷惘中聽到丈夫下樓的腳步聲，下意識地收斂起自己紛亂的思緒，端了飯菜進餐廳去。

林振聲一向對太太的烹飪讚賞萬分，看到餐桌上梅婷親手所燒、清淡可口的佳餚，不覺讚不絕口，高興得打開酒櫃，取出一瓶葡萄酒佐餐。他的酒量一向不好，喝了一小杯，就不勝酒力了。梅婷怕他多喝，把酒瓶拿開。她抑制自己翻騰的心思，陪著喝酒後話多起來的林振聲東拉西扯地話家常，直到一頓飯吃完，才催他先上樓睡覺。

（二）

梅婷收拾好餐廳返廚房時，激動的情緒已漸漸冷靜下來，她把桌上那份關於徐倫的報導重讀一遍，然後摺好放進身邊櫥櫃的最低層。室內一片靜謐，留給梅婷冷靜思考的空間。她回想二十七年前所發生的悲劇：徐倫所搭輪船由南島返岷途中遇颱風，在巴佬灣附近的海面沉沒。當時全船三百多個搭客中，只有二十六人獲救。打撈起的五十多具屍體，先後被親屬認領了去，其餘的搭客，包括徐倫在內都葬身海底。當本地報章把獲救及罹難者的名單披載出來後，徐倫的伯父就在隔天的華報上發出徐倫急逝的訃聞。

這已是千真萬確，不容置疑的事實。如果在二十七年後的現在，擁有十億人口的中國大陸出現一個同名同姓又同籍貫的人名，竟想像著徐倫仍活在人間，那簡直是荒謬至極！不！不！過去的已經過去了，她不能胡思亂想！她不要庸人自擾！

梅婷在心思恍惚中把廚房收拾打掃乾淨，拖著疲累的腳步上樓走進臥房時，林振聲已睡熟了。床邊小几上的檯燈亮著，他仰面睡在大床上，鼻息均勻，胸脯隨著呼吸起伏著，發起輕微的鼾聲。梅婷走近床邊，拾起掉落在地上的薄毛毯替他蓋上。她若有所思地端詳著他的睡態，這是一張惹人好感的臉龐，寬闊的前額，鬢邊疏疏落落的出現幾根白髮，本是濃黑的眉毛也漸稀鬆了，眉頭舒展著，高高的鼻樑兩側雙頰的線條很柔和，給人一種安詳的感覺。梅婷想像著他笑的時候給人的親切感受，一縷多年來潛藏在心底的歉疚之情又隱隱升上心頭。直到現在，林振聲對她婚前與徐倫之間的那段刻骨銘心的愛情仍毫無所知。徐倫已離開人間，當年她本想廝守著這份破滅的愛情度過一生，可是卻違拗不過父命與林振聲訂了婚。她曾藉著大學畢業後再進修鋼琴系為由，把婚期拖延了將近三年，林振聲毫無怨言地耐心等著她。結婚時，雖然她對林振聲沒有愛情，卻有了認識與好感。直到孩子出生，母愛令她正視生活，對人生有了新的詮釋。看到丈夫為這個家付出全部的感情，她深深地受了感動，一顆似已冰凍的心才漸漸地融化。時光沖淡了當年淒惋悲悵的心境，對林振聲也慢慢地產生了休戚相關、互相依賴的感覺，一絲愛苗竟跟著時日在不知不覺中慢慢地萌芽。二十四年來，這段心路的歷程竟是在那麼渾然無覺中走過來。

她輕輕地嘆了一口氣，慢步踱到窗前，窗外一片青草地上，已鋪上一層銀色的月華。抬頭望去，一輪明月已高懸穹蒼。迷惘中，她猛然記起這已是陰曆八月，中秋節快到了吧？而她，認識徐倫，不也正是中秋節前的一個週末嗎？……

（三）

二十七年了，時光過得多快啊！當年，在一次僑社各團體聯合歡慶中秋佳節的文藝晚會上，梅婷初次遇到徐倫。當天晚上，梅婷與徐倫各受邀請參加音樂節目的演出。徐倫身著一套半新不舊的灰藍色中山裝，外表俊逸，儀態儒雅地登台彈奏古箏，深深地吸引了梅婷的注意。蘇軾的〈水調歌頭〉在他嫻熟撥紘的指尖下像月光般流瀉出來。梅婷一向對中國古樂有深度的愛好及相當程度的修養，不覺渾然忘我地沉醉在那柔和又感人的美妙樂曲中。曲終時，梅婷在蕩氣迴腸中回過神來，取出節目單一看，演奏人的姓名是徐倫，一個陌生的名字。梅婷的目光不自覺地隨著他轉，看著他走下演奏台時，聽眾席上有人向他招手，他就走了過去。

今天晚上的音樂節目都是以月光為抒情主題。當輪到梅婷鋼琴獨奏時，她踏著優雅的步伐登台，穿著一襲白色薄紗晚禮服的她，長裙曳地，長髮垂肩，在台上幻光燈的照射中，像月宮中的仙女翩翩降臨人間。她今晚演奏的樂曲是貝多芬的

〈月光曲〉，這是一闋她最喜愛，也是最嫻熟的樂曲。她把整個心靈融入樂曲的音符中，直到最後一個音符靜止時，一片熱烈的掌聲才把她從月光的溫柔夢幻中驚醒。

梅婷含笑向台下聽眾鞠了一躬後，就輕盈地走下台來。今晚赴會的僑胞很多，不但座無虛席，連通道上也站滿了人。剛才梅婷上台前的座位已有人佔坐。她瞥見前排有一個空位，趕忙過去坐下，側過頭去，才發現徐倫就坐在隔座。

禁不住一陣驚喜地心跳，梅婷抑住自己情緒的激動，向他微笑頷首。徐倫半側著上身含笑回禮。梅婷接觸到他濃眉下一對深邃眼眸裏睿智的光芒。

「很榮幸今天晚上能聆聽到一場一流水準的鋼琴演奏。」徐倫很禮貌又很真誠地表達他對梅婷琴藝的欣賞。

「您太客氣了，其實您的古箏演奏，在菲律賓僑社才真是難得幾回聞呢！」梅婷熱切地回答，因心情興奮而兩腮浮現出一層薄薄的紅暈。

抑制不了濃濃的好奇心，沒等到徐倫回答，梅婷又問道：

「您最近才由中國大陸過來的吧？您的古箏造詣很高深，應該是自小就得名師授業的？」

徐倫感到有點兒尷尬，大概不習慣異地初識，土生土長的女孩子這麼坦率的作風。他略一躊躇，很謙虛地說：

「我來菲國已經一年多了，古箏是自幼由家母授教的，彈奏得不夠水準，請多多指教。」

梅婷說了一句「不敢當」後，順口又問：「那你和家人是不是移民來菲定居了？」

一瞬間，徐倫明亮的雙眸閃過一抹淡淡的陰影。他眉頭微蹙，簡單地說：「我是隻身出來的。」然後，他把目光移向台上，很顯然地，他不願多談了。

台上，一位女高音正在清唱〈月滿西樓〉。

（四）

當天晚上，梅婷翻來覆去，就是難以入眠。一閉上眼睛，徐倫的身影彷彿就在她腦海裏晃著。她索性坐起身來，捻亮了床邊的檯燈，倚著床頭遐思。她默默地思量，這些年來，追求她的男孩子為數也算不少了，可是他們之中就缺少徐倫那份英挺不凡的風度、沉著而又溫文儒雅的氣質。固然，在椰風蕉雨中成長的青年富有活潑明朗的一面，可是潛藏在梅婷意識中的，卻是讓她自己分辨不清、不能具體表達出來的另一種心靈的意境。徐倫的出現，如一道強烈的亮光，照明了她心靈深處渴求的境域，她恍然而悟，或許是基於一向對故國文化極度嚮往，她所夢寐以求的竟是擁有受故國五千年文化累積所薰陶出來，深具豐盈內涵的人文氣質。

（五）

一星期後，梅婷收到中學時代加入的劇社為慶祝成立二十週年將籌演話劇的通知。當天赴會時，籌委會宣佈已選出劇本，徵求社員們互相推薦擔任劇中各角色。此劇中挑大樑的女主角必須具備國語流利，能歌善舞的條件。梅婷不但聰慧出眾，美麗活潑，且學過芭蕾舞，受過聲學訓練，又曾有過舞台經驗，當場就被眾社員公推擔任女主角。

過不了幾天，梅婷收到劇社寄給她的一份複印劇本。第一頁印有編導及演員的名表。上面霍然有徐倫的名字，並註明劇本是徐倫根據國內一部諷世喜劇《豪門之女》改編的。正導演由劇社社長陳炯仁擔任。徐倫編劇本外，兼任副導演。這一發現，梅婷對徐倫的才華，更是另眼相看了。想到以後的日子會有很多與徐倫接觸的機會，她滿懷洋溢著興奮的情緒。

話劇開始排練之前，陳炯仁社長召集全體演員及幕後工作人員開座談會。他介紹徐倫給全體同仁：

「徐倫先生在僑社是新人，去年才由香港來菲。他出身書香世家，文化大革命前，父親是國立大學文史系教授。母親在大陸易手前，曾任當地一所中學的英文主任，兼教音樂課及擔任合唱團指揮。當文化大革命如火如荼地遍及全國時，首當其衝，備受蹂躪迫害的是知識份子。徐教授受批鬥時，罪名是違背黨綱，灌輸青年人資本主義思想。徐師母因曾教授英語，且篤信基督教，被認定是資本主義的走狗，為妨礙破除『四舊』的絆腳石。夫婦兩人先後被錮禁，並受到下放勞動改造的處罰。那一年，徐倫剛中學畢業，被分配到高級幹部的辦公廳當雜役。兩年後徐教授憂慮兒子的前途，多方拜託早期授課的學生，透過各種關係，弄到一張准許離境的通行證，輾轉逃亡到香港。三年來，一方面由他居留此地的伯父為他申請來菲手續，另方面供給他在香港考入大學就讀，直到去年，才獲得菲移民局批准他以技術人員身份來菲。」

劇社中年輕的一輩都是在本地土生土長的華僑子弟。他們生長在一個民主自由的國度裏，平日衣食無憂，思想行動只要不超越法律的規限，生活是自由自在的；雖然在報章雜誌上偶爾也讀到文化大革命帶給大陸同胞們的苦難，可是在現實生活裏，一旦真實的接觸到受荼害的人物，都會不自覺地表現出驚訝和憤激的神情。當大家聽了陳炯仁對徐倫的介紹後，大夥兒的感受就是這樣。有幾位年輕人轉過頭朝徐倫看去，眼神中是激動與同情，這使徐倫感到很難堪。陳炯仁社長看在眼裏，才驚覺自己因憤慨情緒漲滿胸懷，一時不察，過分地詳述徐倫所遭受的人生苦難與波折，沒有顧慮到人類的同情心有時候會刺痛當事人的自尊。他趕忙收斂自己沉鬱的情緒，改以輕快的聲調繼續他的介紹詞：「徐倫，我不再用客氣的稱呼了，以後大家在一起工作，就是自己人。徐倫念中學的時候，就已經是學生劇藝社的台柱。在香港讀大學時，雖然選修建築工程系，但在學生會籌演話劇時，卻集編、導、演於一身。這次我們劇社籌演話劇，只因他謙虛為懷，堅持不肯接受導演之職，才由本人出面擔任。事實上，肩挑重擔的是他。希望大家通力合作，促成這次演出的成功。」

一陣掌聲過後，大家要求徐倫講幾句話，他不亢不卑，很得體地感謝大家給他這個學習的機會，然後簡單扼要地介紹一些劇藝基本的理論，並以個人過去在編、導、演各方面的粗淺經驗供大家做參考。最後，他詳盡地分析《豪門之女》的劇情及不同角色的造型，要求每位演員把自己所扮演角色的性格仔細地揣摩一番，才能迫真的、恰如其份地藉著談話、表情和舉止動作表達出劇中人的身份、性格和感情。他充滿自信及篤定的口吻贏得劇社全體同人的好感和信任。而梅婷，對他的仰慕的心意又加深了幾分。

（六）

藉著排演話劇，梅婷與徐倫每個週末的星期六下午和星期天都有相聚的機會。一個多月後，大家就熟絡了。只是她與他的交談卻只限於與劇情有關，屬於工作性的話題，他們從沒有獨處深談的機會。徐倫很含蓄，不多話，更不涉及自己或別人的隱私，對任何人都彬彬有禮。不過，在排練話劇時卻很認真，從來不憚其煩地糾正演員的表情、語氣、舉止和動作，而口吻總是那麼懇切和謙虛。因此，大家都和他相處得很好。

梅婷一向醉心戲劇，此次膺任主角，給她有了磨礪演技的機會，感到異常地興奮。對於徐倫，初次見面時就有了很多特殊的印象，此次排演話劇，又邂逅了他。他的學識、品格、才華、風度、氣質處處吸引著她，令她仰慕和欽佩。國內政治的紊亂導致他家庭的變故，促使他遠離祖國，浪跡菲島，因緣湊巧地與劇社的一群青年人藉著劇藝湊在一起，她覺得宛似一篇傳奇性的故事。除了對徐倫的欽佩、仰慕、關注和同情外，梅婷總覺得在感情上還有些什麼以前沒有過的感覺。在她單純的大學生涯中，她的日常生活很有規律，每天上學，圖書館看書，回家做功課、練琴、閱書報雜誌、看電視、聽音樂，偶爾也給遠在美國求學的哥哥姐姐寫信。父親商場生意忙，應酬多，難得有時間陪她和媽媽在家裏用一頓飯。週末，她陪媽媽看一場電影、親戚家走動走動。媽媽有牌局時，她就約同學談天、游泳、旅行。自從劇社籌演話劇以來，她的週末就用在排練上了。每個週末都帶給她很大的興奮，一方面是對劇藝的興奮及熱情，另方面卻不知不覺間滲入了和徐倫見面的喜悅。總之，她感到最近的日子過得很愜意、很充實……

（七）

這一天是情人節，是一向被一般人認為情人約會的西洋節日，可是擴大涵義，也是好友聚首、家人團聚的好日子。本來早幾天，梅婷就接到幾個男孩子和同學們的邀約，因為剛好在星期六，梅婷就以排練話劇為理由婉辭了。這一天，她父親出國洽談生意，母親被女友們約去搓麻將，要到深夜才回家。梅婷到劇社排練話劇。傍晚時分，有些演員要求提早結束排練。梅婷剛要離開劇社時，陳炯仁社長的太太從大門口進來，看到梅婷，滿臉笑容地拉著她的手說：「是阿婷啊！好久不見了，比前更出落得漂亮了！妳父母好嗎？」「他們很好。謝謝您，陳伯母，我很高興看到妳，好久您沒到我家找媽媽聊天了。」梅婷笑著回答。

「妳媽媽忙著陪妳爸爸應酬，忙著打麻將，哪有時間跟我聊天？妳今天晚上跟他們吃晚飯吧？」

「不，爸出國了，媽正如妳所說的，忙著打麻將，不在家呢！」

「那麼，妳跟朋友約會了？」

梅婷搖搖頭，說：「也沒有，事先我不知道今午的排練這麼早結束，正想回家打電話問問幾位老同學要不要一起吃飯呢！」

陳太太不敢置信似地把梅婷從頭看到腳，搖著頭說：「這怎麼可能？這麼年輕標緻的女孩子情人節沒有約會？開花店的程太太告訴我，前幾天就有人訂了一大束玫瑰花，交代今天一早送到妳家呢！」

她羞澀地一笑，今天一早，她收到的鮮花可有好幾束，她只是一笑置之，現在陳太太推斷她一定有約會，她趕忙分辨著：「可是，我真的並沒有答應任何人的約會呀！」

「那好極了！今天晚上妳就陪我們這對老人吃一頓愉快的情人節晚餐吧！」

不由分說，陳太太對著正由裏間和徐倫邊談邊走出來的陳炯仁說：「炯仁，我請阿婷今天晚上和我們一起吃飯。」

「那太好了，徐倫，你也一起來吧！」陳炯仁轉過頭去，對徐倫說。

「謝謝您，陳先生，不好意思打擾，我想下次吧！」徐倫推辭著。

「年輕人，太拘泥了反而顯得見外。就這樣決定了，難得有機會大家在這個好節日相聚。」

徐倫還想說些什麼，可是陳炯仁已領頭走出劇社，陳太太挽著梅婷跟著，徐倫只好把話吞下，跟著他們走。陳太太回頭對他說：「我和梅婷的母親是大學時代的同學，大家一向很熟絡，而炯仁最近也常常對我提起你，稱讚你多才多藝，年輕有為，在感覺上我就像早就認識你了，所以大家不許再說客氣話。」

陳家在青山區，他們坐上陳炯仁的座車到位於青山區的一家中國餐廳。因為是節日，人很多，找到座位後，陳太太就忙著點菜，梅婷離座打電話回家，交代司機等會兒來接她。

席間，陳先生夫婦神情很興奮，他們的兒女都移民外地，在這個節日，卻意外地有兩個年輕人陪著吃飯，顯得特別的高興。陳炯仁一向健談，他給徐倫講述菲律賓人的生活習慣、風俗人情。他問徐倫：

「你有沒有打算在菲國繼續學業？我可以幫你辦本地大學的入學手續。」

「謝謝你的好意，陳伯父。只是目前，伯父的工廠人手不夠，我是以技術人員身份來菲的，應該先學會工廠裏機件的操作、保養和發生故障時的應變及修理工作，好為伯父分勞，升學的事，以後說吧！」他嘆了一口氣，稍頓，語重心長地說：「希望不久的一天，祖國領導階層會領悟政策的錯誤，結束這場文革的浩劫，讓智識份子解脫桎梏，重新站起來，為國家的文化建設奉獻心力。那時候，也就是我結束流亡的日子了。希望這一天不會太遠。」

陳先生神色凝重，他說：「文革這場浩劫，何異於秦代的焚書坑儒？我國經歷了八年抗戰，滿地瘡痍，百廢待興，不幸又遭逢這場政權的鬥爭，人心惶惶，生命財產損失巨大。新政權登台後，本應安撫百姓，勵精圖治，扶持國家走上康莊大道，豈知卻發生文化革命這齣失去理智的把戲，簡直令人髮指！我認為這只是少數極端份子為攫取權力，排除異己所使出來的手段而已。執政人士之中豈不乏英明之輩？為了國家的前途，一定會群起抗爭，你等著看，遲早這一天會到來的。」

徐倫懇切地注視著陳炯仁，敬佩之情溢於言表，他說：「陳伯父，您的高見，我非常佩服，也有一份同感。華僑在海外，安居樂業，大多數已歸化為籍民，但對多苦多難的祖國，卻仍懷有這份關切的心意，這是我在國內時所不能體會的。『華僑是革命之母。』這句話誠屬不虛。國家有難，華僑高舉義旗，群起響應，這是歷史上記載著的光榮事蹟。」

「你說華僑在海外安居樂業，以目前國內混亂的情勢來看，確實不錯，不過，你剛來不久，還不能體會我們這一代老僑民心底的悲哀。在觀念上，凡是一個人的心理上，都應該有他所歸屬的國家才是幸福的，這就是近代史上猶太人集資建國的主因。沒有國籍的人是悲哀的。我們華僑的祖先，早年為了生活，飄洋過海，吃盡千辛萬苦，在海外建立基業，如今，為了配合當地政府的政策，只好放棄祖籍，歸化異國。縱然我們情繫祖國，心懷故鄉，我們的名字是『華僑』，是

『華裔菲人』，不算道地的國民。在祖國，當政權易手時，僑眷慘遭迫害，文化革命接踵而來，華僑親屬更是備受糟蹋。這種冤，這種苦，要向誰申訴？我們在菲律賓，雖然一部分同僑斟酌目前華人的處境，呼籲歸化僑胞要融入菲社會，可是大部分菲人心目中還是視我們為『二等公民』，經不起別有居心的政客煽動，隨時會引起排華浪潮。徐倫，你能體會出我們這一代老僑民心理上的不平衡，對我們的處境及感受有所理解嗎？」

大家一時都默然了。眼看輕鬆愉快的氣氛受干擾，陳太太趕忙笑著埋怨丈夫：「看你！又把這篇經文搬出來唸了。大家不要介意，今天有緣聚在一起，應該高高興興盡歡才對！來，來，來，大家趁熱吃，冷了就不好吃了。」

徐倫一邊跟著大家舉箸，一邊趕忙道歉：「對不起，對不起！陳伯父這席傷感憤慨的話都是由我引起的，掃大家的興了。不過，陳伯父，我是承教了，謝謝您。」

「不謝，不謝。就當是我這個老人發陳年牢騷吧！」陳炯仁呵呵地笑起來了。

結賬後，他們走出餐廳，陳炯仁要送徐倫回去，梅婷忙說：「陳伯父，您住在附近，又是自己開車，就讓徐倫跟我一道走，我有司機，送他又是順路。」

「大家不要麻煩，我可以叫計程車回去的。」徐倫說。

梅婷以眼示意，小聲提醒他：「你再客氣，陳伯父可真的要開車送你回去了。走吧！」

（八）

梅婷坐進車廂。徐倫只好跟上去，徐倫住在蔭美沓區，車子駛過杜威大道時，眼前的世界豁然開朗了。

月兒朦朧，疏疏落落的星星點綴夜空，不遠處，平靜的馬尼拉灣海面上停泊著的輪船透射出一盞盞燈光，照亮了附近的海面。堤岸上，一陣陣微風吹拂而過，椰樹葉兒搖曳生姿，舞弄著地上星光投下的暗影。長長的堤岸上，三三兩兩的人群，雙雙對對的情侶悠閒地漫步，享受著這節日所賜予人們的浪漫情調。

梅婷從房車的窗口望出去，心弦一動，眼前的情景似虛如幻，一絲難以描述，迷迷糊糊的美麗感覺冉冉由心底升起。

她興奮地轉過頭對徐倫說：「你看這夜景多美，我們下去走走，好嗎？」

徐倫微帶驚愕地看著她：「太晚了，對妳，不方便吧？」

梅婷看著戴在左腕上的手錶，「只有十點，不太晚。爸出國，媽朋友家打麻將，非到十二點不回家的。」她低喟著，又說：「以前，哥哥姐姐還沒出國留學，媽不在家時，我留在家裏是不會感到寂寞的。」

徐倫遲疑一下，神情不自在中加上一份關切，語氣故作瀟灑地說：「好！就陪妳下去走走。這還是我第一次來海邊欣賞夜景呢！」

梅婷吩咐司機把車停在路旁，兩人下了車，沿著堤岸漫步。

「你欣賞過馬尼拉灣的落日嗎？」她問。

「我每天下班都走這條路，如果時間不太晚，又是個晴天，就可以看到日落，的確很美，真是百看不厭呢！」他衷心地讚美。

他們並肩走著，兩人情緒好像都很激動，一時都沉默了，還是徐倫先打破寂靜，問她：「妳晚上常出門嗎？」

「沒有，平日由學校回來，就是做功課、練琴，晚上看電視、閱書報。只有週末才有女同學們的約會，看電影或是在一起聊天。你呢？」

「我，生活規律一成不變，每天下午下班，由馬拉汶回到住所，已經是黃昏時刻，白天忙著工廠裏的工作，晚上就忙著自己永遠做不完的事了。」

「有那麼多的私事讓你忙不完嗎？」她好奇又深感興趣地問道。

徐倫看到她驚愕的表情，不覺笑了：「學問無止境，好書是永遠讀不完的。我自修英文，週末也常常去逛書店，買幾本英語教材和與建築工程學有關的參考書回來研究。在菲律賓，要學好英文是很方便的，更何況家母已幫我打穩了基礎。此外，我也常去華人圖書館借閱文學理論及台灣名作家的著作，台灣作品在中國是沒機會讀到的。」

談及文學作品，梅婷禁不住問他：「你喜歡外國的文學作品嗎？」

「喜歡！一般的世界名著，我都讀過，不過都是中譯本。」

「讀過《飄》，或譯為《亂世佳人》的書和看過電影嗎？」

「譯本我讀過，電影沒看過，一定很精彩的，是嗎？」徐倫熱切地問著。

梅婷點點頭說：「如果你喜歡讀原著，我可以借給你，至於這部電影，票房紀錄歷久不衰。在這兒，每五年上映一次，現在正在大橋頭的戲院上映，你應該去看。」

徐倫很興奮，從上衣口袋裏取出紙和筆，要梅婷隨他走到路燈照射的光圈裏，把去戲院的路線指示出來。

梅婷欣然一笑，徐倫興奮的模樣很好看，像一個天真未泯的大男孩，把他們之間的藩籬短暫地拆除了。她熱誠地說：「明天是星期日，下午排戲後，坐我的車，送你到戲院門口。我相信你對市區的街道是不熟的。」

「那怎麼好意思？」徐倫很感激梅婷為他想得這麼周到，如不接受，拂了她的好意，接受呢？又覺得給人麻煩。

梅婷微嗔著說：「又來了，你這個人怎麼這麼多客氣話？是朋友了，過分地客氣就是虛偽，你知道嗎？」

徐倫笑了，故意拖長了聲調，一字一板地說：「本來不知道！現在懂了。謝謝妳的開導，聰明的小姐！」

梅婷朗爽地笑了，笑得彎了腰，她想不到徐倫也有活潑輕鬆、詼諧有趣的一面。

（九）

當天晚上，梅婷上床後翻來覆去，就是睡不著，閉上眼睛，眼前盡是徐倫的影子晃來晃去。她精神很亢奮，完全沒有睡意，心裏甜甜的，盡是想著跟徐倫在一起時他所說的每一句話及他臉上的表情。他的舉止動作，他的笑容和眼神，一遍又一遍地重複著回憶整個晚上兩人相聚時的情景。她的思緒像輕盈的小鳥，在美麗的天空中飛翔，卻只是繞著徐倫的影子轉。

當她意識逐漸模糊朦朦朧朧睡去時，卻被女傭的聲音驚醒。

「小姐，長途電話。」她一驚而醒，睜著惺忪的睡眼，她衝出房間接聽，以為是哥哥姐姐打來的，原來是父親通知事情沒辦完，要多延兩天才回家。因為媽媽還酣睡未醒，女傭就叫她接電話了。

她抬頭看時鐘已指在八點半，日影透過紗窗照得滿室通明。她一驚，趕忙跑進盥洗室胡亂梳洗一番，隨便穿上一套衣裙，又跑到書房從書架上取下《飄》這部書，然後一疊連聲地叫司機備車，又交代女傭等太太醒了告知父親要多兩天才返菲的事，就連早飯也不吃，一溜煙地坐上車走了。

到達劇社時，人都到齊了，就等著她這個女主角。她一踏入排練室，就有人叫著：「來了，來了。我們的豪門之女姍姍來遲了。」

她不好意思地淺笑著，為自己的遲到向大家道歉。眼梢瞄過徐倫時，他滿臉含笑地看著自己。她雙頰飛紅，就像自己昨夜的心事被他深邃的眼神看穿似的，趕忙避開他的目光，抑制自己的心跳，斂過神來，跟著大家開始例常地排練；只是她的神思恍恍惚惚地難受控制，不是台詞有了錯漏，就是表情不夠深入，把自己窘得恨不得今天排練的時間快點過去。

下午五點半排練結束，徐倫和梅婷一道走出劇社，坐進梅婷的私人汽車。她把留在車上的《飄》給他，一邊吩咐司機把車開到大橋頭的戲院。徐倫翻著書看，她側過頭，對徐倫說：

「這部影片五年前上映時，我只有十五歲，欣賞力不夠，趁著這個機會，我想再看一次。你不介意我作伴嗎？」

徐倫把書閤上，偏過頭來，看著梅婷說：「我介意——」

他剛吐出了三個字，她的臉色就蒼白了，一顆心直往下沉，她想不到徐倫這麼不在乎她。自尊心的受創讓她羞得抬不起頭來。

徐倫深深地看著她，口氣很溫和地說：「別誤會。白天我就看出妳昨夜睡得不好，排練的時候妳精神很差，我好想勸妳回去好好休息，可惜又不能這麼做。我認為妳現在應該回家，今晚早點睡覺，明天不是要上課嗎？至於看電影，我們改在下星期，怎麼樣？我現在也回去，留待下星期天陪妳看。好嗎？」

他的關切讓她感動，心情也就開朗了。她臉上浮現出甜美的笑容。

「謝謝你的好意。不過我不累，今天中午休息的時間，我沒有跟你們一夥人在一起閒聊，你想我哪兒去了？我是在陳伯伯的社長辦公室打盹呢！」她得意地說道。

「就算妳不累，一連兩個晚上遲歸，不怕父母怪妳嗎？我想，我們還是改在下星期天去，怎麼樣？」徐倫還是不放心地建議著。

「爸爸一早就打越洋電話來，說事情沒辦完，要延遲兩天才返菲，媽今晚赴宴，到會的很多都是她的牌友，不會比我早回家的。」梅婷幽幽地說。

「哦！原來如此，貓兒不在，小耗子就出洞了。」徐倫看到梅婷不豫的臉色，故意裝出頓有所悟的表情來逗她。藉開玩笑鬆弛車內的氣氛。

梅婷噗哧一笑，想起在美國的大哥，就說：「你的口氣跟我大哥如出一轍，哄我不成就損我。」

「對不起，對不起！我一時觸景生情，說溜了口，向妳道一個歉，可以了吧！」他又問：「妳很喜歡妳大哥，對嗎？」

梅婷白了他一眼，算是出了氣。然後說：「不但喜歡，甚且很崇拜他。他外表英俊瀟灑，內涵豐富，很有才氣。學問好，喜歡繪畫，又寫得一手好字。可惜華社是個商業社會，父親不許他選修藝術系，強迫他讀商科，說是讀藝術系的男人將來一定潦倒。他現在留學美國，學的是企業管理，可是每學期也選了西洋繪畫課，還加入當地華社的書法協會，因此，所修的商業課程就減少了。父親不知道詳情，一直叨唸著大哥念了三年的研究院，怎麼還沒有修完商業碩士呢！」梅婷說到最後，不覺為她自己的知情不報，而現在又對別人透露家庭秘密而對父母感到一絲的內疚。

徐倫深深地看了她一眼。由衷地說：「我很羨慕妳大哥能夠爭取到這麼好的學習環境。」他近乎無奈地輕嘆了一口氣，但剎那間，忽又驚覺起來，笑著說：「我也很羨慕他有這麼一位好妹妹。連哄她、損她也是好的。」

「好啊，剛道了歉，又犯上了！原來你在劇社裏人們面前的君子風度，都是假正經，把大家哄得團團轉，由你調度！」梅婷挺直背脊，睜大亮麗的一對眼睛，扭過頭來，對著徐倫嗔著。

徐倫大笑起來，梅婷也忍俊不住。這時候，車子在戲院門口停下來，司機要求晚上不加班，梅婷正感為難的時候，徐倫說：「讓他回去，等會兒叫計程車，我送妳回去。」

他們在戲院附近的小館子隨便吃完簡單的晚飯，就買票入場了。

（十）

週末，星期天中午，排練話劇的工作暫停，大家休息吃午飯。徐倫拿了三個已準備好的附有飲料的飯盒，分一個給陳導演，一個給梅婷，又搬來三張摺椅，展開放在排練現場的小桌旁，三人就坐下用餐。

徐倫對梅婷說：「上星期向妳借閱的書我帶來了，不過到今天還沒有讀完一半，如果沒有別人借閱，可以多借給我一個星期嗎？」

「當然可以，你留著慢慢看，反正還給我也只是擱在書架上。」

徐倫謝過了，說：「這部長篇較通常的小說長，不過如果是以中文書寫，我大概兩個晚上就可以仔細讀完，可是英文不行。我的基礎差，要慢慢地一句一句讀下去，有的地方讀完一遍，又要從頭再讀一次，才能深切地體會及欣賞文筆的細膩優美。如今我失學，正好趁這個機會自修，學習英文的句法和寫作的技巧。」

陳炯仁翹起大拇指，對徐倫說：「你的英文有這般的造詣，實在是出我意料之外。自從大陸政權易手後，大陸被反美、反民主的浪潮淹沒，竹幕的封鎖下，除了俄文外，其他國家的語文都受排斥，尤其是英文。想不到你竟有高度的閱讀能力。」

「陳伯伯，大概您忘了徐倫的母親曾經是英語教授了？」梅婷提醒著陳炯仁。

「對！對！」陳先生拍拍自己的腦袋，一疊連聲地說：「我怎麼這樣健忘，一時糊塗了，真是老了啊！」

梅婷和徐倫都笑了。徐倫剛想說些什麼，還沒開口，陳炯仁又說：「我很好奇，你們一家人都是文才，你的稟賦一定傾向文科，而且自幼耳濡目染，你怎麼決定選修工科的？」

「我確實很喜愛文學和音樂，對家父畢生精研的史學也有濃厚的興趣。只是眼看這許多年來，我國科技落後，不能與西方先進國家並駕齊驅，要迎頭趕上，一定先要發展科技。這就是我選修理科的原因。雖然說我在中學時代，數理的成績一向很好，但興趣總不及文學、音樂與藝術濃厚，可是，當一個人確定了人生的目標後，興趣是可以培養的。陳伯伯，您說我選擇走這條路對嗎？」

陳炯仁輕拍徐倫的肩膀，以讚賞的口吻說：「青年人，你真了不起！」

梅婷打從心底信服及欽仰徐倫，她懇切地對他說：「但願你的理想與抱負早日實現。」

（十一）

《豪門之女》排戲期間，是梅婷有生以來最興奮快樂的日子。自從與徐倫相偕看過《飄》這部電影後，大家見面時熟絡不少，有說有笑的，不像以前的拘泥；

不過，她總感覺到徐倫好像盡量迴避休息時間與她單獨相處。女孩子很敏感，從徐倫看著她的眼神及含蓄的笑容，她肯定他喜歡她。跟他在一起時她心裏感到很溫馨，與他交談令她愉快歡悅，只是她矜持地把這感覺深埋在心底，從不在人前顯露出來；可是，當夜深人靜，神思朦朧中，她卻會有很多的綺思，綺思中映現的是徐倫的名字，徐倫的影子。她每天渴望週末的到來，渴望著與徐倫見面的時光。有一次上心理學課程時，她竟不自覺地在筆記簿上塗寫了一個又一個徐倫的名字，直至隔座不諳華文的菲女同學好奇地伸頭過來看她記下什麼時才驚覺起來。

《豪門之女》歷經了六個月的排練及籌備工作後，終於與觀眾見面了。週末兩場在華人劇院演出，觀眾人山人海，好評如潮，成為僑社人士樂道的轟動話題。文化界譽為振興僑社劇運的先驅。梅婷父母卻不過陳導演夫婦和女兒的邀請，在演出的第一個晚上蒞臨觀賞。謝幕散場後，梅婷帶父母到後台，給他們介紹劇社人員。陳炯仁夫婦是舊交，對他們盛讚梅婷的演戲天份及認真學習的精神，並特別介紹徐倫。梅先生只是無所謂地點頭敷衍幾句。可是當介紹到男主角林振聲時，聽說是林天鳴的兒子，梅先生精神一振，趕忙問道：

「令尊可就是天鳴地產公司的董事長？」

「正是家父。」林振聲禮貌地回答，又問了一句：「您與家父相識？」

「多次見過面，都是在應酬場合。」梅先生態度很和藹，說話的口氣儼然是慈祥的長輩：「阿婷這幾個月來與你們排戲，大家一定是很熟悉的朋友了，有空歡迎到我家來玩。」

這可急壞了梅婷。過去林振聲要登門造訪，又想約會她，都被她以父母管教很嚴婉拒了。現在父親親口邀請他，豈不令她傷腦筋？看林振聲喜孜孜地答應著，她只好別轉頭拉著她母親去看布景。還好徐倫早已走開了，不然看到父親對林振聲另眼看待的態度會有什麼感想？

返家的途中，梅先生坐進車廂裏就問梅婷：「妳跟林天鳴的兒子認識這麼久了，妳們的感情好嗎？」

梅婷敏感的聽出父親的話意，心情很緊張，強自鎮定，含糊地說：「我們劇社有三十多位會員，大家合作愉快，您看這次的演出不是很成功嗎？」

梅太太笑了，她直率地對女兒說：「傻女兒，妳爸是問妳那位……林什麼，就是林天鳴的兒子，有沒有追妳？」

這一來，梅婷不能閃避回話了。她腦筋一轉，趕忙說：「媽，您看到李玉芳的，就是那位演女歌手的，她很美，人緣又好，笑起來甜甜的，有人說她和林振聲是很相配的一對呢！」

梅太太一怔，看起來有點兒洩氣，不過，那只是一剎那而已，她略一凝思，就很有把握地說：「阿婷，李玉芳確實長得不錯，但論風度、氣質、家世卻不能與妳相比，只要妳給林振聲機會，他會選擇妳的。妳也大了，用點心思吧！」

「媽，妳說什麼嘛！」梅婷不依地扭轉腰身，雙手扳著梅太太的肩膀，撒嬌地說：「媽，我書還沒念完，選商科是照爸爸的意思，畢業後，我一邊幫爸在公司做事，一邊還要修完鋼琴系，哪有時間和心思想別的閒事呢！」

梅先生一向疼愛這小女兒，聽她說念商科是為了他，高興得笑呵呵，伸手輕撫梅婷頭上烏油油的長髮說：「我家的阿婷是最聽話的。不過現在妳媽說的也沒錯，妳應該給林振聲機會，大家做朋友不會妨礙學業的。他父親是菲國數一數二的大地產商，我看得出他兒子是青年才俊，將來一定會克紹箕裘。妳們有共同的興趣，說話一定投緣，感情是需要時間來培養的，剛才我邀請他有空來家玩，他很高興地接受了。妳可不許像對付其他男孩子一樣，冷冷淡淡的，給人家沒趣。」

梅婷低頭不語，梅先生以為她默許了，也不多說，這時候車已駛進住家的私人車道，她跟父母道晚安後，就一溜煙回房去了。

隔天傍晚，梅婷從學校裏回來，一踏入家門，就聽到電話鈴響，是林振聲打來的，說很感激梅伯父看得起他，今天晚上專誠要登門拜訪。

梅婷心裏一急，趕忙說：「我父親應酬多，通常不回家用晚飯的，母親出門了，大概有牌局，晚上他們都不在家啊！」

「那麼，妳呢？……」林振聲訕訕地問，語氣顯著猶豫，像是不好意思問又問了的味道。

「我剛到家，功課很多，也不知道要做到什麼時候才完，還要練琴呢！通常總要拖到很晚才睡的。」說到這裏，她怕給林振聲下不了台，又加上幾句：「我們劇社的慶功宴訂在星期天下午，你知道了吧！這次演出成功，大夥兒心情都輕鬆愉快，據李玉芳說，陳導演請客，還安排了助興節目和抽獎活動呢！我們星期天見。」

掛斷電話後，梅婷心裏想：「還好是我接的電話，如果是爸媽，事情就糟了。」

梅婷一向把劇社的同工們看成志同道合的朋友，對他們一視同仁，從不對任何人另眼看待。林振聲人很平實，待人和氣，做事負責任，從不以自己的家世傲人，大家對他頗具好感。梅婷知道林振聲對她愛慕之情，可是她心中有了徐倫，已容不下任何人了。好幾次林振聲約她，都被她巧妙地推掉。他不是不知趣的人，就不敢再嘗試了。另一方面，在排戲日子的休息時間裏，李玉芳每次主動地接近林振聲，可以用如影隨形來形容，這一來，就給了梅婷閃避林振聲刻意找與她單獨談話的機會。這一次要不是父親主動地邀請他，林振聲是不好意思打這個電話的。

這幾天，梅婷曾聽過父母背後嘀咕著林振聲怎沒登門來訪，可能追求李玉芳是真情。他們很失望女兒一派天真，不懂得抓機會交上這麼一位父親財富地位在僑社首屈一指的男朋友。他們認為論條件，李玉芳怎比得上女兒？只是人家用心思，梅婷沒有。

（十二）

星期天，街上不塞車。慶功宴時間訂在下午四點，梅婷早到了十五分鐘。帶她進門的女傭進入廚房告知陳太太。陳太太從廚房裏探出頭來，一看是梅婷，人隨笑聲快步踏入客廳，一疊連聲地說了好幾個「歡迎」。她一邊帶著梅婷往左方的房間走，一邊說：「陳伯父約了徐倫，在書房裏談話呢！」

聽見門響，站在書櫥前的陳炯仁和徐倫回過頭來，看是陳太太陪著梅婷進來，徐倫眼前一亮，有掩抑不住的驚喜表情。大家笑著招呼後，陳炯仁大聲說：「阿婷，妳快來幫忙，給徐倫介紹幾本英文文學名著。」又轉頭對徐倫說：「這些英文書是我兒子的，他移民時帶不走留下了，你要看什麼儘管拿去。」

梅婷的眼眸裏充滿柔情地注視著徐倫，口裏卻說：「陳伯父，徐倫讀過的中外名著比我多得很，外國文字是讀中譯本，這次趁來菲律濱的機會，他要研究英美名作家原著。應該是他給我介紹好書才對。」

「梅婷，陳伯父的古文學造詣很高深，他剛才告訴我，他所著的傳統詩集下個月就可以面世了。」徐倫撇開客套，趕著告訴梅婷這個好消息。

梅婷興奮極了。她說：「陳伯父，恭喜您了，以前您說過，退休後的第一件事就是把歷年來所寫的傳統詩結集出版，現在您的願望成真了。」

陳太太一向以丈夫為傲，這時，臉上佈滿笑容，喜不自勝，滔滔地說：「編印這本詩集可真不容易，炯仁把多年積存的詩稿整理出來，再把每首詩的用字和用詞經過一番審慎地推敲和修改，然後重抄一遍，交給打字員打字後，又一字一字、一行一行地校對了好幾遍，確定沒有錯訛，再接洽設計、印刷，繁瑣的事務多得令人難以想像。虧你陳伯父鍥而不捨，足足忙了六個多月，終於大功告成，詩集下個月就可以發行了。我正在籌劃為他舉行一個簡單隆重的發行式呢！到時候你們這二位他最欣賞的年輕人一定要來幫忙哦！」

「一定的，一定的。」徐倫和梅婷異口同聲地說，徐倫又加上一句：「到時候要我們做什麼，請吩咐一聲就行了。」

陳炯仁笑吟吟剛想說些什麼，陳太太忽然「嗳」的一聲說：「炯仁，客人快到，你最拿手的的冰凍蜂蜜檸檬茶還沒準備好呢！阿婷，妳招呼徐倫，讓陳伯父幫我把飲料弄出來。」

陳太太拉著丈夫出房門時，因為室內冷氣機開著，就順手把門拉上了。

徐倫和梅婷站在書廚前。徐倫一邊從書廚裏抽出兩本要借閱的書，一邊說：「他們好可愛。」

「要是爸媽像這樣多好。」梅婷有所感地說。

徐倫也說：「我父母相敬如賓，對兒女很關愛，他們敬業的精神是我非常敬佩的，不過他們生性嚴肅，不如陳伯父夫婦風趣。」

「有你一家人的近況嗎？」梅婷關懷地問。

「據國內傳來的消息，父親因個性耿直，拒作違心之論，不肯寫悔過書，曾受苦刑，並被錮禁。母親已開釋，但行動受監視。不過讀國際間輿論和傳來的國內新聞，文革遲早會結束。」徐倫的神情憤慨，語意卻掩不住心中迫切的盼望。

「但願吉人天相，伯父母能安然渡過這場浩劫。」梅婷虔誠地說。

「謝謝妳。」

空氣很寂靜，兩人的情緒都有點兒緊張紊亂，徐倫吁了一口氣，說：「以後我們難得有機會見面，不過，我會永遠記著妳，天天為妳祝福。」

梅婷的心往下一沉，一時不知所措，她無意識地慢步踱到書桌前，低頭撫弄著桌上的日曆，很快地她調整了自己的思緒，受了委屈般地大膽問道：「你為什麼不約會我？」

徐倫怔住了，他驚異於梅婷率真的問話。冰雪聰明如她，他猜想一定早已捉摸到自己心靈深處的情感。自從八個多月以前，她第一次出現在他眼前時，她動人心絃的琴音、明媚雅麗的容顏、開朗活潑的姿態就深深地打動了他憂傷枯寂的心靈。以後機緣巧合，他倆再相逢於劇社，六個多月的排練話劇給他們很多接觸的機會，只是他感傷於自己未知的命運，在相處時強抑制自己的情感，以冷漠的態度矯情相對。眼前，梅婷一句輕輕的問話，竟令他不願意再掩飾自己一向癡迷的心態。

他湊近梅婷，把手中的書本擱在書桌上，聲調低沉卻充滿了真情地對她說：「我怕連累妳。」

梅婷抬起頭來，眼光接觸徐倫深邃的眼神，這裏面包含著太多的憂傷與深情，她的心靈顫抖著，一顆心卜卜地急跳，她偏過頭去，幽怨地說：「我不怕，你……顧慮太多了。」

徐倫深深地感動著，他再不能克制自己奔放的感情了，他揭開自己一向的偽飾，很直率誠摯地問：「現在，妳可願意接受我誠意的約會？」

「我願意。」梅婷沒有一絲猶豫地回答。接著她羞澀地一笑，含情地看著徐倫，心念莊嚴得如同在聖壇上回答牧師的問話。

這時候，客廳裏傳來一片人聲，接著是陳炯仁拉開大嗓門招呼著客人，把沉浸在情感交融意境中的徐倫和梅婷從渾然忘卻兩人以外的世界中驚醒。

「時間與地點由妳決定，好嗎？」徐倫急促地說，眼眸和聲調瀰漫著深深的濃情。

梅婷一時不能決定，看著徐倫擺在桌面上的兩本書說：「你先出去，我想好了寫出來，夾在你借的書中。」

（十三）

梅婷約徐倫星期二下午在她就讀的大學正樓大門口見面。她下午五時下課，正是徐倫工廠下班時間。

到了約會的這一天，梅婷心情既興奮又緊張，上最後一堂課時，她頻頻看腕錶，錶上的分針簡直就像跟她開玩笑似地走得慢之又慢。好不容易捱到下課鐘一響，她一顆心突突亂跳，胡亂地把書桌上的講義筆記塞入背包，一陣風似地衝到樓梯口，在二樓通樓下樓梯轉彎的地方遙遙地看到大門入口處徐倫的身影。在一群進進出出的大學生群中，他卓然而立，氣概顯得如此地特出，如此地俊逸英挺，令人一眼就能把他挑出來。梅婷禁不住一陣心跳，雙頰有點發燙，一轉眼她已趨近徐倫，氣喘喘地招呼他。

「你來得真快，等很久了嗎？」

「剛到。我提早十分鐘下班。」徐倫的聲音很柔和，他的微笑是溫柔的，明亮的眼睛裏蘊含著無限的情意。

他接過她手中捧著的書，說：「我幫妳拿著。」又問：「你想到哪兒去？」

「隨便你。」她感到只要能跟他在一起，不管到哪兒都會帶給她愉快的感受。

徐倫稍想一下，說：「先帶我參觀貴校，好嗎？」

梅婷含笑頷首，她的緊張情緒已稍微緩和，帶著徐倫參觀了整座建築莊嚴宏偉的歐洲十九世紀時代所建的五層樓大廈，然後出了正樓，繞著四周增建的大樓走了一圈，經過古老的教堂及露天運動場後就是體育館。時近黃昏，學生的體育活動課程已結束，籃球場空無一人，他倆並肩坐在觀眾台的長板凳上，氣氛很閴靜，梅婷隱隱可感到徐倫的呼吸，也彷彿聽到自己的心跳。美妙的感覺令她喜悅，也令她有著少女的羞澀。雖然以前她有過與男孩子單獨相處的時候，可是她都表現得大方坦然，從來沒有像現在這種緊張的感覺。

徐倫本來想好在這次的約會中很誠懇地把自己目前的處境、徬徨的心情、未來的渺茫前途，及心裏的隱憂向梅婷做一番剖白，懇求她理智地考慮是不是適合讓兩人的感情發展下去。可是當他接觸到梅婷純真的笑容、盼望的眼神、愉悅的情緒時，他深深地體會到她的心意，令他不克自制地迷戀著這份情緣湊巧又富有傳奇性的戀情，更不願在這令人陶醉的氣氛中用憂傷及焦慮來破壞美妙的心境。他沉默著，讓理智與感情在內心交戰，思潮起伏地浮沉於幸福和苦澀的況味中。

梅婷偏過頭看著徐倫，輕柔地問：「你在想什麼？」

「沒有啊！」徐倫驚覺於自己心思的恍惚，微笑著說：「我喜歡這兒的寧靜。」

梅婷嗯了一聲，點點頭說：「我也是。」

本來兩個人心裏都累積著千言萬語要互相傾訴，可是這時卻相對無言。梅婷心裏盤繫著縷縷情絲，因礙於女孩子的矜持而羞於表達，而徐倫，心思徘徊在愛與不能愛的情況中。

梅婷打破了沉默，指著籃球圈問徐倫：「你打籃球嗎？」

這問話把徐倫紊亂的思維拉回現場，他受解脫般的舉頭看著球圈，說：「來到菲島後，失去了球伴，就沒有打過。以前在校時，差不多每天下午課後都在練球。」他又補充了一句：「我打校隊。」

「真了不起，是一位文武皆備的人才呀！」梅婷笑得很開心。

「沒什麼，只是大夥兒湊著玩而已。」徐倫微笑著，反問梅婷：「妳喜歡什麼運動？」

「我喜歡游泳。在我們的劇社沒開始排練以前，每個星期天我常偕同學們去俱樂部或海濱浴場玩。你呢？喜歡游泳嗎？」

「很喜歡，小時候，家住鄉下，常常跟鄰居的小朋友到屋後的小河摸魚，在河水中載浮載沉，不知不覺間就學會了游泳。後來家搬城市裏，因為近海，常去做海水浴。進了大學，校園裏有游泳池，功課不多時，就約同學去游泳了。後來還有一位教練特別訓練我們呢！」「那你參加過泳賽，又得過錦標了。」

「妳怎麼知道？」徐倫驚奇地問。

「想當然耳！」梅婷得意地說。在她心目中，徐倫的才華不論用在哪方面，都是出類拔萃的。「講些你過去的校園生活，好嗎？」

「當我踏入體育館的一剎那，禁不住觸動了當年同學們馳騁球場的往事，如果妳真有興趣，就讓我從球賽講起。」

梅婷微微仰著臉兒，笑靨迎人地說好，擺出專注傾聽的神情來。於是徐倫滔滔不絕地講述著令他自己非常神往的大學校園生活。講完了各種球賽，接下去的有各種課餘的活動，還有同學教授們課堂內外的趣聞，學府的掌故和歷史。梅婷聽得津津有味，對她毫無見聞的外地學府風光，她非常好奇，間會打岔問幾句話，兩人就這麼輕鬆愉快地聊著，彼此間感到的尷尬情緒已被沖掉。不覺暮色已降，體育館內的光線漸趨黯淡，梅婷忽然驚覺，看著腕錶說：「我們回去吧，爸媽明天一早飛美國，今天晚上他們回家吃飯。」

兩人從體育館出來，走向停車場的時候，徐倫問：「伯父母走後，就只留妳一個人在家？」

「是啊，爸是商務旅行，媽跟了去看哥姐。七月美國學校放暑假，爸公務辦完後，正好跟媽、哥姐結伴遊美、加名勝，大概兩個月後才返菲。」

「這麼長的時間，他們放心讓妳一個人……？」

梅婷沒等徐倫說完，就笑著說：「我都二十歲了，還不會照顧自己嗎？更何況家裏還有做了二十多年，看著我長大的老女傭呢！媽臨行前，又特別把我交託給陳伯母，她顧慮得這麼周到，倒令我感到媽把我當成什麼都不懂的小女孩！」她瞥了徐倫一眼，又說：「可惜他們的出國決定得太快，我竟沒有機會邀請你到我家跟他們見面。」

（十四）

週末的晚上，梅婷和徐倫本約好看電影，見面時，梅婷卻要徐倫陪她到陳炯仁家吃晚飯，說是陳伯母一早就打電話邀請的。

「不好意思吧？陳伯母沒請我。」徐倫說。

「她又不知道我們有約會，給陳伯父和她一個驚喜，不是很好嗎？」梅婷轉動她明亮的雙眸，輕俏地笑了，她對徐倫說：「記得二月間情人節那天我們陪兩位老人家吃晚飯嗎？大家興致都很高，看得出陳伯父夫婦很喜歡你呢！陪我去哦！給他們一個驚喜。好不好？」

給梅婷這麼一說，徐倫不忍心掃她的興，就答應了，更何況，他打從心裏就很仰慕陳炯仁淵博的學識和敦厚長者的風度。

抵陳宅時，主人夫婦看到徐倫和梅婷雙雙出現在大門口時，確實驚喜萬分，笑意中掩抑著一份驚訝的表情，不過兩人心裏也就明白了幾分。徐倫初抵達時感到有點兒尷尬，但不一會兒就被陳炯仁夫婦的熱情招待化解了。

飯桌上，陳太太忙著給梅婷和徐倫夾菜，陳炯仁關切地詢問徐倫近況。徐倫說：「最近伯父工廠的產品銷路遍及南島各地，這幾個月來擴建廠房，增加生產，每天開工二十四小時，伯父還撥出一部小型汽車給我專用以代步。不過為節省往來工廠與住家的時間，以免妨礙我晚上的自修，我打算再過幾天搬到工廠特別增建的住宿單位居住。這樣，晚上我一方面讀書，另方面就可以間歇地巡視工人工作情形了。」

「那你太辛苦了。前天我碰到令伯父。他盛讚工廠生產率高，完全歸功於你應用工程學識潛心研究出來的生產技術，以及你有系統地管理和督導方式。他非常地器重你呢！」陳炯仁一邊為徐倫倒一小杯的葡萄酒，一邊說著：「來，陪陳伯父喝一點薄酒，我真高興有你這麼一位忘年之交。」

徐倫不忍拂陳炯仁的好意，舉起杯來，淺嘗了一口，謙遜地說：「陳伯父太過誇獎了，令我受之有愧。在菲律賓，除了我伯父外，您是我最敬重的一位長輩，跟您相處讓我獲得最大的教益。至於伯父工廠業務興隆，是因為時機恰當，伯父在運籌方面憑著多年的經驗駕輕就熟，我只是盡力地輔助而已。」

陳炯仁開懷地笑起來，在這兩位他非常賞識的青年人跟前，他禁不住海闊天空地聊著。他見聞多，學識淵博，而又一向健談，興致一來，就天南地北地滔滔而談：談僑社商場情況，談藝文活動，談體壇動態，談菲國政府，不知不覺間就進入分析中國的政局及國際間的關係。陳太太聽他沒完沒了地講個不停，兩個青年人注神傾聽，忍不住大聲抗議說她花了大半天時間準備的精巧晚餐，大家都不欣賞了，都是陳伯父的多話破壞了客人品嚐佳餚的胃口。逗得大家哄笑起來。這頓晚餐，也就在輕鬆愉快的氣氛中結束。

飯後，陳炯仁拉了徐倫到書房裏看他新購的西洋畫冊，陳太太示意梅婷留下來。她先指揮傭人收拾飯桌後，就親熱地挽著梅婷的臂膀到起居室坐下，關切地輕聲向梅婷：「妳爸媽知道妳和徐倫交往的事嗎？」

梅婷搖搖頭，帶點羞澀地淺笑著說：「他們還不知道。我想等他們回來後，帶徐倫到我家介紹給爸媽認識。不過他們見過面的，不是在我們的話劇演出後在後台介紹過嗎？」

「妳爸事情多，貴人多忘，可能已忘掉，妳媽也不一定留有印象。不過，她不會有意見的。倒是妳爸，他的看法……。」陳太太欲言又止，顯然她聲調中蘊含著一絲的顧慮。

梅婷敏感地感受到了，她困惑地問著：「您的意思是擔心爸爸不答應？不會的，爸常說我快二十一歲了，明年也就大學畢業了，一定很懂事的。」說到最後，梅婷笑起來了，在她單純的想像中，像徐倫這般人品好、學問好的卓越人才，怎會不被人賞識呢？更何況，爸媽最愛她這個么女，一定會愛她所愛。陳伯母真是太多慮了。

經梅婷這麼一說，陳太太本來不便再說什麼，可是當接觸到梅婷一副天真無邪的模樣兒，她又忍不住坦誠地嘮叨幾句：「阿婷，妳年輕，妳沒看到、聽到的事太多了。華僑社會是個保守的社會，又是個商業的社會，父母有權利干涉兒女結交異性朋友，而為兒女選擇對象又以門當戶對為標準。妳父親在商業社會上有身份、有地位又有財富，我就擔心他對兒女婚事的看法會妨礙妳和徐倫的將來。」

梅婷沒有認真地思考陳太太話中的含意，她在戀愛中，在她單純而專一的心思中，一切事物都是美好的，她認為，陳太太因關心愛護而顧慮太多了。

（十五）

梅先生夫婦出國旅遊的兩個月來，梅婷和徐倫天天見面。每逢上課的日子，梅婷上完最後一堂課就留在圖書館看書及做課業，徐倫下班後就趕來會面。通常兩人都在校園正樓後面的小餐廳裏相聚，隨便叫了一杯冷飲、一塊小蛋糕，情人的心靈犀一點通，很愉快地就共度了一個甜蜜的黃昏。週末是他們最熱情期盼的日子；或相偕看一場好電影；或雙雙往訪陳炯仁夫婦，陪這對視他們如兒女的老夫婦吃一頓可口的家常便飯；或在黃昏時分到馬尼拉灣看日落；或在夜色朦朧中攜手漫步海濱大道。幽靜的菲大校園；曲折蜿蜒的安智保落山徑；加美地天然的海水浴場；大雅台煙雲瀰漫的湖中火山奇景；露斯萬牟的溫泉浴池；百山寒輕舟激流的險境；都有他們的足跡，他倆享受著青春，也享受著愛情。

梅婷二十一歲的生日恰好是星期天，前一個晚上，他倆在海濱大道的小餐室吃晚飯時，徐倫就說要陪她度過一個生動的旅遊慶生佳日。

「可不許你邀任何別人參加！」梅婷笑容可掬，撒嬌似地說著，然後又問道：「我們去什麼地方？」

「我正想問問妳要不要多邀請幾位以前常跟妳一起去游泳的要好同學參加呢！」看見梅婷搖頭，徐倫笑著說下去：「那麼，就只我們兩個人了，謝謝妳，婷。」

他執著梅婷的手，眼眸裏透露深深的情意。梅婷甜甜地笑著說：「你還沒有告訴我去什麼地方呢？」

徐倫回過神來，哦了一聲說：「這是最新開闢的海濱遊樂場，我也是最近才聽到的。沿著描東岸省海岸線，太平洋的海水一望無垠，在最美的沙灘上開設的旅遊勝地。有各種陸地和海上運動的設施，規模很大，不過離岷市有兩個多鐘頭的車程，是遠一點，要當天來回，又要玩得盡興，就要早點上路。」

「你開車嗎？會不會找不到路？」梅婷擔心徐倫在菲律賓是新僑。怕他開車迷了路，自己雖是本地人，可是認路的本領很差，是幫不上忙的。

「放心吧！我有一份呂宋島的交通地圖，擔保不會找不到路。妳安心當壽星，一切由我負責。」

梅婷對徐倫的辦事能力一向信服，看他滿有把握的語氣，樂得享受現成，心裏想：「一切由他安排好了。」

隔天一大早他們開車上路，車子開動前，徐倫偏過頭來，對登上車坐在駕駛座右邊的梅婷輕聲說：「婷，祝妳生日快樂，永遠美麗幸福。」

本是普通說給女孩子的祝詞，梅婷卻感受到他眼神中的柔情和不在話語中的愛意。自認識徐倫以來，她對愛情常有很多美麗的遐思和想像。她知道徐倫持重、含蓄和保守，他的熱情是內蘊的，可是她卻能從他的眼神和話語中捕捉及感受到他的深情。

徐倫開動車子出了市區，加快車速，馳騁在公路上，大路兩旁連綿的田野展開在眼前，一座座簡樸的農舍點綴其間，偶爾有幾聲狗吠、雞啼遠遠近近地傳來。路旁間可看到幾隻耕牛低著頭吃草，而低飛的鳥兒從車旁掠過，停在樹椏間，三五成群啁啾跳躍。遠處的山巒叢林遮蔽在晨霧中，隱約可見，而剎那間，東方天空的一層層薄霧被一團紅光衝破，清晨的太陽就露面了。

在怡人的景色中，徐倫和梅婷心情輕鬆愉快，一路上說說笑笑，兩個多小時的車程在他們的感覺上，一點兒也不感覺冗長，而是很快就過去了。抵達目的地，他倆在接待處購得入門票後，把車駛入停車場，已有專為遊客服務的集車等在那兒，徐倫從他車後行李箱取出一個野餐用的精緻藤籃。梅婷趕忙問他裏面是什麼東西，他一手挽著藤籃，一手代她拿著放游泳用品的背包。兩人登上集車，徐倫笑著說：「裏面有生日蛋糕和煮好的長壽麵線湯，還有咖啡和清茶，中西合璧，祝妳有雙份的幸福和快樂。」

梅婷又驚奇又興奮，臉上的笑容如花兒初綻，一疊連聲地叫著：「謝謝你囉！」又問：「一大早，誰給你張羅這麼多的東西？」

徐倫得意洋洋地笑了：「蛋糕是昨晚買的，睡前我把雞絲香菇弄妥了，又煮熟了雞蛋，今晨起床，很快就做好了麵線湯，等會兒吃吃看手藝如何！」

「哇！是你做的！」梅婷驚訝地叫著，突然間，她又若有所悟：「嗯，猜得出是你母親擔心你離家後捱餓，先教會你幾樣基本的食譜，對不對？」

「才不是呢！在國內，我們哪吃過這麼精巧的食物？麵線這名詞我只是在母親懷舊時聽過而已，通常我們是稀飯裏米粒太少，只好採些野菜切碎混和在一起煮，有時候只吃雜糧。」徐倫笑容消失了，臉色一下子黯淡下去，但他隨即收斂起落寞的神色，擠出一絲笑容，故示輕快地對梅婷說：「上個月伯父六十大壽，一大早出嫁的堂姐就回娘家，幫著廚婦做了一大鍋的生日麵線。當時我頗感興趣，就學會了，現在剛好派上用場。」

「那麼，等我嚐過後再給你評分，不過，看在你費心的份上，我會很寬容的。」梅婷輕鬆地逗著他。

徐倫濃眉一揚，滿有信心地笑著：「告訴妳，我有把握得到九十分以上，妳儘管嚴格地評審。」

兩人都開心地笑了，這時候集車已順著依山勢開拓的狹窄而彎曲的山路繞到山丘的另一邊，眼前豁然開朗，向下望去，不遠處就是沙灘海水。車停在路邊一片凸出的平地上，司機指示他們順著一道隱在花木間的石階說：「你們在這兒下車，沿著這石階下去，就是海灘浴場了。」

走完石階來到海灘。八月是菲國的雨季，氣候時陰時晴，海灘上的泳客不多，那些供海灘遊客休息的茅棚很多都空著，他們找到一座遠離人群的茅棚，把帶來的東西擱在塑膠桌上後，梅婷一邊掀開藤籃的蓋子，一邊說：「一大早出門，你餓了吧？我們先來試試你的手藝如何，過會兒再去游泳。」

「請稍等一下。」徐倫快步走到梅婷身邊，從口袋裏掏出一個用彩紙和緞帶包紮的小盒子，拉起梅婷的右手，把它放在她掌心說：「這是我送妳的生日禮物，希望妳喜歡。」

梅婷一對黑白分明的眼睛睜得大大的，又驚又喜，雙手只顧撫弄著小盒子，一時竟找不到適當的話來表達深刻的謝意。

「打開來吧！」徐倫輕聲地催她。

梅婷心情很激動，用微微顫抖的手解開緞帶，打開盒子一看，裏面是一塊翠綠玉墜，玉質晶瑩剔透，表面有細緻的花紋，一條用純金打成的項鍊穿過玉墜上端的小孔。徐倫的聲音低沉，感慨而又深情地說：「這是當年我母親嫁到我家時，祖母給媳婦的見面禮，文革時我家被抄，事發前母親把它縫在舊布鞋裏才保留下來。六年前，我由故鄉逃亡到香港，臨行時母親又把它縫在我夾衣的下襬，母親含著淚說不知何時團圓，這塊世襲的翠玉要我好好地保存著。婷，現在我代母親轉贈給妳，表明我的心意，妳願意接受嗎？」

梅婷仰起頭，夢幻似地凝視著徐倫，她的聲音因激動而略微嘶啞，她神情莊重，一連說了兩遍：「我願意。」感動的淚水就奪眶而出，沿著雙頰流下來。

徐倫托起梅婷的下巴，取出口袋裏的手帕，輕柔地為她揩去淚水，然後從她手上的盒子裏取出項鍊和玉墜，為她掛上。她柔順地抬起頭，正對上他俯視著她的眼睛，四眼相對，徐倫情不自禁地把梅婷擁入懷裏，他吻著她的前額、她的眼睛、她的鼻子，他灼熱的雙唇向下移，終於吻在她濡濕的唇上。

這一瞬間，梅婷只覺得天旋地轉，周遭的事物彷彿已悄悄地隱沒，天地間只剩下她與他，她感到自己心靈的顫動，也感到他急速的心跳隔著薄薄的衣裳傳達到她體內。她闔上眼，恍惚間，徐倫呼吸噴出的熱氣似乎融化了她，她渾身乏力地倚偎在他懷裏，她的思想已停頓，什麼都不能想，什麼都不願意想，只祈望此刻就是永恆。

（十六）

梅先生和太太直至九月下旬才返菲。初抵家後，因旅途勞頓及時間的差異，一時不能適應過來，好幾個下午都留在家裏養息。梅婷取消每天下午在校等徐倫下班後趕來見面的約會，一下了課就趕著回家陪伴父母。

這一天是星期四，吃過晚飯後，她陪著梅先生夫婦在起居室閒聊，心裏卻惦記著隔天與徐倫的約會，想趁這當兒安排邀請徐倫來家與父母見面的事。

「爸、媽，你們星期天中午在家吃飯嗎？我想約一位朋友來和你們見面。」梅婷心情緊張，說話的聲調顯得很急促。

梅婷緊張的樣子看在梅太太的眼裏，她心一動，敏感地認定這位客人不尋常，腦筋一轉，就想到了林振聲，還沒來得及開口，梅先生已經問道：「妳的朋友是誰？」

梅婷感到父母眼光中迫切的神情，有點兒不自在，羞澀地忙著回答：「他叫徐倫，你們見過他的，就是那一次我們劇社演出話劇時，他擔任副導演。」

梅太太像被人當頭澆了一盆冷水，一顆心往下沉，臉上的笑容霎時隱沒了。梅先生驚愕得坐直身子，大聲地問道：「是不是那個大陸青年？」又加上一句：「大概是居留權有問題，打聽到我和移民局局長很有交情，想託我講情？這點小事，叫他找旅行社，只怕他沒錢，不然的話，上下打點一下，不就辦了？」

梅先生的話意不經意地透露著輕蔑與不耐煩，梅婷一怔，囁嚅著說：「不是這樣的，我們是朋友，他想拜訪我們的家庭。」

梅先生看女兒一副尷尬的表情，心一動，沉著臉色，從鼻子裏哼了一聲，粗聲地說：「拜訪我們做什麼？該不是想轉妳的念頭吧！他有沒有認清自己的身份？俗語說：『龍交龍，鳳交鳳。』他配嗎？在這個社會上，他沒有身份就沒有地位，連起碼的永久居留權都沒有，他憑什麼想當我家的座上客，真是缺乏自知之明！」

梅先生氣咻咻地，語言尖刻。梅太太看到梅婷受窘的樣子，心裏不忍，挪動她坐在長沙發上的身子，靠近梅婷，攬住她的肩，對梅先生說：「好啦，好啦，要阿婷告知他當天我們不在家，不就完了？其實我家的阿婷自幼在富裕的家庭中長大，嬌生慣養的，哪會看上這種投機取巧的人？阿婷就是心地太軟，不好意思拒絕人家的求訪，你何必發這麼大的脾氣呢？」

聽母親的話音，也是在貶低徐倫的人格，梅婷又著急，又懊惱，忍不住情緒的激動，理直氣壯地為徐倫辯護著：「爸，媽，你們看錯人家了。徐倫出身書香世家，父母品德清高，一向為人師表。他學養好，品格高，有崇高的理想和抱負，肯吃苦，肯上進；只因目前國內政治混亂，權勢的鬥爭導致邪惡勢力對智識份子的迫害，他才不得已逃亡來此地。當有一天，政治上了軌道，時局趨於安定時，智識階層就有抬頭的機會了。爸、媽，請你們不要用目前的形勢和他的處境貶低他的人格，假以時日，他會出人頭地的。」

梅先生猛然從沙發上坐直身子，怒不可遏地瞪視著梅婷，他沒想到一向溫馴聽話的梅婷竟敢頂撞他。一反平時對女兒的放任，他聲色俱厲地叱責她：「不准頂嘴！總之，從今天起，不許與他有來往。如果他還敢糾纏著妳，我會通知移民局把他遣配出境！」

梅先生怒氣沖沖地站起來，舉步向睡房走去，又回頭對梅太太說：「妳應該多留在家管教她，不要把時間全花在牌桌上。這個週末，兩個晚上都有商界上有頭有臉的朋友為我們接風，把阿婷也帶去。」

等梅先生進了房，梅太太輕拍著梅婷的手臂，柔聲地勸慰著：「好女兒，妳不是不知道爸爸的脾氣，他說的話豈容人家反駁？不過他疼妳、關心妳，見的世面又多，說的話都是道理。妳一向乖巧，聽他的話準不會錯。以後不要再跟那個姓徐的見面了，免得令他有機可乘。」

看到梅婷滿臉委屈，根本不理會她講的話的樣子，梅太太也懶得多費口舌。她催促女兒回房睡覺。心裏想，她還是個小孩子，讓她安靜一下，仔細地想一想後，想通了，明天就沒事了。

梅婷低垂著頭，忍住快掉下來的淚水，像洩了氣的皮球一般，拖著疲軟的身子返回自己的房間，順手把門鎖上。淚水撲簌簌地順著雙頰流下。她撲到床上，把臉埋在枕頭上，一顆心像被撕裂一般痛楚起來，忍不住淚如泉湧，無聲地啜泣著。

（十七）

梅婷整夜睡不著，隔天約會徐倫，她臉容憔悴，眼皮浮腫，一雙本是亮麗的眼睛佈滿了紅絲。徐倫見到她時嚇了一跳。

「婷，妳怎麼了？是不是病了？」他伸手在她額上試探熱度，可是卻沒燙手的感覺。

徐倫敏感地猜到發生的事故。昨天，梅婷就在電話上告訴他要徵求梅先生的同意，約他星期天到她家吃午飯。

現在，在約會的校園咖啡室，他倆佔據了角落的一張小方桌，兩人面對面坐著。徐倫把梅婷擱在桌面上的一隻手握在他的雙掌間，輕柔地問她：「可以告訴我發生什麼事嗎？」

梅婷感到一道熱流透過手心流遍她的身心，心靈受了撫慰，所感受到的苦楚剎那間就被沖淡了。

她低沉地只說了一句：「爸不許我們往來。」

徐倫的一顆心往下沉。這些日子來，他曾留意菲華社會人士對兒女婚姻的觀念與所抱的態度。他擔心他與梅婷的愛情將會遭遇巨大的阻力。如今，這份阻力終於來臨了。為了梅婷，他應該接受命運呢？還是抗拒？他的眼光接觸到梅婷臉上淒惶的神態，像一隻從安樂窩中跌出來受了驚嚇的小鳥。他的心隱隱地作痛。回想一年多前與她相遇時，她的活潑無邪，她的明朗清純，與現在的她相較，真是判若兩人。他深深地自責，責備自己的自私，明知這是一段遍佈荊棘的愛情道路，卻不能自拔地把他所心愛的人兒拉扯進去。

梅婷抬起眼，接觸到表現在徐倫深邃眼神中那一抹黯然的神情，不自覺地又掉下眼淚。

徐倫挪出握住梅婷的一隻手，取出隨身的手帕為她揩掉，無限憐惜地情感瀰漫胸懷，他好想把她擁入懷裏，吮乾她的眼淚。可是在這小咖啡室裏，他只能握緊她微微顫抖著的手，用最輕柔最誠摯的話語安慰她。

「婷，別傷心，事情或許不如妳想像的那樣。讓我們面對它，好嗎？」

梅婷嗯了一聲，淚眼對著徐倫，她自己深受委屈，又擔心徐倫受不了父親對他的排斥，心思惶惶然。她喉底乾澀，聲音很軟弱地說：「雖然父親跟你見過面，但是並沒有認識你，也不知道我們相愛有多深。再過些時候，當他瞭解一切時，就會改變心意的。倫，你……不會生氣吧？你願意等待嗎？」

徐倫努力放鬆自己的情緒，讓臉上的線條看起來柔和些：「婷，我怎麼會生氣呢？天下父母心，誰不為兒女終身的幸福著想？誰不希望兒女的前程是一條康莊的大道？怪只怪我自己在不該愛的時候愛上妳，把妳從陽光普照的樂園中帶到這遍佈荊棘的小徑。我前面的道路崎嶇不平，前途禍福未定，而我，卻控制不了自己的感情……」

「請你不要再說下去了，這是我心甘情願的。」梅婷著急地截住徐倫的話：「你先聽我說，好嗎？」

一抹夢幻的光影在梅婷的臉上閃過，被淚水洗滌過的雙眸明澈得像一泓清流，她非常非常輕柔溫婉地說：「倫，在沒有認識你之前，或許我是生活在一個無憂無慮的優裕環境裏，可是深藏在我心靈深處的，卻是隱隱約約含有一絲說不出缺少些什麼的空虛感覺。我彷彿在期待著些什麼，又在尋覓著些什麼。然後，你來了，點亮了我的心靈世界，我多麼驚喜地發現自己一向飄浮在雲霧中的心靈終於找到了安歇的場所。愛情帶給我美麗的感覺，給我勇氣，給我一份堅貞不移的心意。倫，只要我們在一起，未來就充滿了幸福。你說是嗎？」

徐倫內心激動如波濤洶湧。他的目光對上梅婷充滿情意、信心及殷切願望的視線。他的喉嚨哽住了，心中縱有千言萬語，瞬息間竟說不出話來。他深深地吸了一口氣，終於從靈魂深處迸出生命中對自己的期許及對梅婷的允諾：

「上帝為我做見證，我絕不讓妳失望的。」

（十八）

梅婷心情迷迷惘惘，下意識回頭瞥了一眼熟睡在床上，發出均勻又輕微鼾聲的丈夫，胸懷中歉疚之情又隱然升起。她嘆一口氣，渾身乏力的把頭倚在窗檻上，抬頭凝望著遙遠的天空。夜已深，月亮升上中天。遠方一縷浮雲悠悠然地飄過來，在月華照耀下慢慢地盪開，月色透過一層薄薄的雲霧灑下來，淒淒迷迷地。

梅婷感到一陣惘然，她記得她與徐倫最後一次相聚，也是在這樣的月色中。那是一個星期五傍晚，她和徐倫像往常一般地在校園裏的小咖啡室見面。

「婷，我收到報導家鄉情況的來信了。」

徐倫的神態是難得一見的輕鬆喜悅。梅婷接觸到他清朗的笑容和清澈的眼神。他的聲音很亢奮：「我父親已被開釋，恢復了大學教授的身份。母親也已回校執教。我多年來的期盼終於實現了。婷。你說我有多高興啊！」

梅婷從來沒見過徐倫這般地神采飛揚，她興奮地笑著，拉著徐倫的臂膀不假思索地說：「走，我們要好好地慶賀一番，到海濱去！」

他們在咖啡室買了兩份三明治和飲料，就驅車直駛海濱的杜威大道。

這時分，落日已西沉，餘暉把天邊染紅了一大片，海面上微波蕩漾著一層淡淡的光影。大海浩浩蕩蕩，一望無垠。徐倫迎著從車窗吹進來的海風，舒暢地吸入一口清涼的空氣，意興風發地對身邊的梅婷說：

「我有一種想飛的感覺。」

「當然囉！天空這麼遼闊，你是應該振翼高飛，直入雲霄，鵬程萬里的啊！」梅婷感觸到徐倫此刻的心境，笑著附和他。

「那麼，我們一起飛吧！」

梅婷卻若有所思地問道：「若是我飛不高，飛不遠，跟不上你，怎麼辦？」

「那麼，妳展開雙翼，緊貼在大鵬的背上，讓牠馱著妳，不管千山萬水，共同尋覓理想的天地。」

兩人開懷地笑了。

徐倫把車停在椰樹下，下了車，兩人並坐在堤岸上。面對著餘暉已隱去的大海，梅婷取出紙袋裏的三明治和飲料，分一份給徐倫，兩人就津津有味地享用他們的晚餐。

徐倫邊啖著三明治，邊說：「文革結束後，總需要一段的善後工作，才可能恢復正常的社會秩序。現在局勢混亂，很多法綱不能正常運作。那邊的來信要我安心等候一段時期，不能冒冒失失地回去。一定要等到政局澄清，父親為我辦理好回國證件後才可以返國。」

「那需要等多久呢？」梅婷關切地問道。想到離別在即，她心中霎時感到一陣黯然。

徐倫對這件事毫無把握，他沉吟一下，說道：「大概要三四個月甚至半年吧？一般來說，向有關當局申請批准的文件，送到官方去，常常一擱就是好幾個月，急不來的。」

梅婷沉默著。

「為什麼不說話？」徐倫問。

「我心裏矛盾得很，既希望你回國的願望早日實現，又捨不得你離開。」梅婷把頭倚在徐倫的肩膀上，幽幽地說。

徐倫放下手中的飲料，攬住梅婷的腰肢，把面頰貼著她的頭髮，輕柔地說：「我又何嘗願意離開妳？但是，這將是另一段人生旅程的起點。我的期盼與願望，理想與抱負都應該在這旅程中完成。有意義的人生是要經過一番的奮鬥才能達到的。」他語氣略微一頓，又說：「婷，請給我一些時間，我會開拓出一條康莊的大道，挽著妳的手共赴前程的。妳等著我，好嗎？」

「我會等著你的。只是，那日子是有多遙遠又有多寂寞呀？」梅婷把臉孔貼在徐倫的胸前，一提到別離，她心裏就很難過，聲調也低澀。

徐倫輕輕撫平她被風兒吹亂的長髮，聲音既溫柔又充滿自信：「那日子不會太遠的。傻女孩，我對自己和祖國都有很大的信心。我會帶給妳一生一世歡樂的日子。」

夜，悄悄地降臨大地。

那個晚上天空多雲，月色穿過飄蕩的雲絮時隱時現，朦朦朧朧、又淒淒迷迷地灑落大地，無端帶給梅婷心靈一種慌亂的感覺。她依偎在徐倫懷裏，聽著他用興奮而樂觀堅定的口氣描述他倆未來美好的遠景，心思是淒迷的，就像當晚的月色，朦朦朧朧，帶給人怔怔忡忡、似夢似幻的感覺。

隔天一早，梅婷被傭人叫醒，說是陳太太打來電話找她。

「阿婷，昨天晚上徐倫打來電話，說是他伯父收到C埠來的急電，報告那邊的工廠發生嚴重的事故。徐倫今早六點半搭乘菲航南下處理，大概三四天後就可返岷。臨行前他不便直接打電話到你家，託我轉告。」陳太太一口氣說完後，又慈愛懇切地加上一句：「徐倫不在，星期天中午妳有空到我家來陪兩個老人吃一頓便飯嗎？」

兩天後，報上登載C埠共黨炸毀當地機場跑道及一部分設施的新聞。據報導說修復需要一段時間。梅婷閱報後心煩意亂、焦慮萬分。幸得當天晚上，收到徐倫打來陳家轉交的電報，告知工廠事故已完善處理，將乘搭週末由C埠開出的輪船返岷。梅婷轉憂為喜，心情寬慰的企盼著徐倫抵達後的約會時光。

晴天忽然響起一聲霹靂，怒海沉舟，徐倫罹難的悲劇卻發生了。他的死，帶給梅婷的是天崩地裂、美好的世界已毀滅的感覺。她掉入了人生最淒苦的感情深淵。她認為只有守住這份悲情，才可以感受到與徐倫長相廝守的情懷。

一年後，父親為她作主與林振聲訂了婚約。在心境已趨麻木的狀態下，她只要求林振聲讓她修完鋼琴系，那是她心靈唯一的寄託。又兩年後，抱著人生不過如是的心態，她順從地接受婚姻的安排，走了另一段人生的道路。

（十九）

床頭小几上電話鈴響了，梅婷睜開惺忪的睡眼，下意識中伸手取下聽筒，「哈囉」了一聲。

「梅婷，我在辦公室。早上醒來時看妳還睡著，沒等妳醒來，我就走了。」電話那一頭傳來林振聲響亮的聲音：「今天晚上我六點半回家，我們到外面吃飯。」

今天是工作日，平常他們都是在家吃飯的。梅婷聽到樓下有人走動，知道露西亞姐妹已回來上工，家裏有人做飯，為什麼想要去外面館子裏用晚餐？

「我想不出今天是什麼特別的日子？」她說。

「昨晚妳辛苦了，慰勞妳啊！我們去聽音樂，選一家有情調的餐廳享受一頓燭光宴。」他一頓，又說：「我好想念女兒，昨夜夢見她想家哭了，好可憐，等會兒我會掛越洋電話過去，告訴她聖誕期間去看她。我心裏真的悶得慌，今天晚上我們輕鬆一下。」

梅婷故意歎了一聲讓對方聽到，說：「早知道你這麼放不下她，就應該讓你陪她去留學。」

「可是到了那邊，我又放不下妳了，還不是一樣的心慌。」振聲哈哈地笑了一聲，就掛斷電話了。

想起昨晚沉溺在舊情的憶念中，梅婷心裏感到一陣地不自在。她梳洗一番後，換上一套素色的衣裙。抬頭看座鐘，已經是十點多了。惦記著與陳炯仁太太說好今天去她家幫她收拾行李，她匆匆忙忙地下樓去。

「唉！陳伯母走後，我就沒有娘家可走動了。」她心裏嘆息著。自從她父母五年前相繼去世後，梅婷一直把陳家看成娘家，陳炯仁夫婦也視她如女兒，對待林振聲和一對兒女如自家人一樣。三個月前，陳炯仁去世，陳太太傷心過度，人就憔悴下去了。梅婷在教鋼琴課之餘差不多每天都來陪她吃午飯、聊家常，為她解除獨處的寂寞。最近，陳太太移居台灣的兒子已為母親辦好入境手續，後天就要來接她去長住了。

她到廚房裏泡了一杯熱咖啡，烘了一片麵包，就坐在工作檯邊吃了。露西亞打開櫥櫃拿東西，露出昨晚梅婷放進去的舊報。梅婷心一動，站起身拿了，放進隨身的手提皮包裏。把杯裏的咖啡喝完後，就到車房開車走了。

陳太太把掛在衣櫥裏的幾件衣服取下來放在床上，然後打開擱在一旁的旅行箱，看到梅婷走進房門，消瘦憔悴的臉上綻出一絲淒清笑容，親切地說：

「阿婷，妳來了，真好，我正惦記著呢！」她慈祥地看著梅婷，又說：「今天一早，我就交代傭婦做了妳喜歡吃的芥菜飯和五香捲，還燉了一鍋雞湯，等這些衣服弄妥後，我們就下樓用飯。」

「陳伯母，對不起得很，讓妳久等了。」梅婷一邊說著，一邊幫著摺疊著床上的衣服：「昨天傭人告假，我自己弄晚飯，做了幾樣妳教的小菜，振聲讚不絕口，說您的手藝好，教出來的學生也不差。」

陳太太嘆一口氣，幽幽地說：「振聲是個好丈夫，跟你陳伯父一樣，太太做什麼事，總忘不了讚幾句。」

她們下樓用完午飯，又回到房間裏收拾行李。傭人送上香茗。她倆並坐在沙發上用茶，梅婷呷了一口說：「這茶好香哦！」

「這是勁民剛從台灣帶回來的凍頂烏龍茶，是你陳伯父最喜歡喝的。昨天上墳時，我就泡了一壺帶去祭奠。」說著，陳太太的眼淚就掉下來了。

「陳伯母，妳別太傷心了，身體要緊。」梅婷心裏也難受，溫婉地勸慰著陳太太：「等您到了台灣，人多熱鬧，含飴弄孫，日子會很好過的。」

想起了那幾個可愛的孫兒輩。陳太太的眉頭舒展開來，她點點頭，「嗯」了一聲說：「這三個小精靈的確可愛。去年來度假，早上眼睛一睜開，就找阿公阿媽，整天把我們逗得笑呵呵，那兩個月的確過得特別愉快。」

陳太太淒然一笑，又說：「阿婷，妳和振聲要來台灣玩。勁民說等我安頓下來後，就陪我到廈門走一趟。那是我生長的地方，有些親戚還住在那兒。妳陳伯父的故里在四川，只要我身體健朗，我和勁兒都想去看看祖厝。妳和振聲來台北玩，我們配合時間一起結伴遊三峽，妳陳伯父生前一直叨唸著這段旅程，可惜這些年來他身體不好，沒能達成這個願望，如今人走得好遠，去不成了。唉……」

陳太太每次說話，總忘不了提起過世的丈夫，梅婷感受到她折翼的悲痛心情，趕忙說：「陳伯母，振聲一有假期，我們就去台北看您。」

「假如妳陳伯父還在，我們結伴遊三峽，不知道他會有多高興呢！」陳太太說著，深深的嘆了一口氣，心思陷入傷逝的情懷中。

梅婷的心突然抽動了一下，三峽這地名令她聯想到昨夜的事。那份舊報就在她皮包裹。也弄不清是想找一個話題，岔開陳太太的悲懷，抑或是潛意識中仍然撇不開昨夜徐倫的名字映入眼簾，深深撼動她深埋在心底的往日情愫，她打開擱在身旁小几上的皮包，取出那份舊報，側轉身遞給與她並坐長沙發上的陳太太，指著那篇三峽工程的報導，突兀地對陳太太說：「陳伯母，您讀一下這篇文章……太巧合了，太不可思議了！」

陳太太抬起眼來，莫名所以地看一眼因激動而微喘著氣的梅婷，伸手接過舊報，無所用心地湊近眼前一讀。突然間，她握著報紙的雙手顫抖著，像是受了意想不到的震撼般地睜大著眼睛，視線直勾勾地越過報紙的上端，瞪視著梅婷。一份驚喜交集的神情展露在她蒼白憔悴的臉容上，她喘息著說：「謝天謝地，天公菩薩保佑！他出頭了！他的理想實現了。」

突然間，梅婷被陳太太的反應嚇呆了，她驚惶地感覺到過分的哀傷已令陳太太心智迷亂，連生死的界限都弄迷糊了。她一邊取下陳太太還握在手上的舊報，一邊從几上的茶壺裏斟了一杯熱茶，湊近陳太太唇沿說：「陳伯母，您太累了，先喝一口茶，歇一會兒吧！」

陳太太就梅婷手中呷了一口熱茶，迂緩地取過杯子，幽幽地嘆了一口氣。

「唉！人生如夢。過去的已經過去了。一切的悲歡離合，有緣無緣，都是命中注定。」她語氣略微一頓，轉頭看著梅婷，疲憊的眼神中出現一份母性的關懷，問道：「這份舊報是他寄來的吧？妳和振聲是哪一年跟他聯絡上的？本來振聲跟他也是朋友，我很高興妳們能將以前那份感情轉化為友誼。」

梅婷驚慌到了極點，一時不知所措，她慌忙從沙發上站進身，伸手把著陳太太的臂，像哄小孩般地說：「陳伯母，您累了。我扶您到床上躺著，好嗎？」

陳太太轉頭對著梅婷，眼神很穩定地看進梅婷的眸子裏，輕輕地掙脫梅婷揑著她手臂的手，拉著梅婷緊傍著她坐下，認真又慈祥地問著：「妳還沒有告訴我，妳們是哪一年聯絡上的？為什麼從來沒聽妳講起？」看到梅婷沒作聲，只睜著大眼睛驚疑的呆看著她，她低歎一聲，低下頭，無限感慨地低聲說：「十年前，當我們收到徐倫由德國寄來的信時，確實是震駭萬分。我們一方面慶幸他還在人間，另方面卻為他不幸的命運而感到錐心的痛，雖然他殘而不廢，那也是令人心裏非常難受的。」

陳太太抬起頭來，神情很迷惘，竟忽略了梅婷目瞪口呆的模樣，她又嘆了一口氣說：「想不到後來妳們也聯絡上了。唉！冥冥之中，一切世事自有安排。豈是我們預料得到的？」

梅婷看到陳太太此刻眼神篤定，說話的語氣傷感中卻很沉穩，霎時間她意會到一件難以置信，又不可思議的事實。她全身一陣顫慄，一顆心突突亂跳，眼睛睜得大大地呆瞪著陳太太，嘴巴張開著，卻說不出話來。她腦筋很混亂，迷迷糊糊地好不容易迸出聲音來：「他……他……活——著？殘——廢？……！十……十年……前？……德國？」

突然間，她像夢遊著般清醒過來，拉住陳太太的手臂搖撼著：「信……信呢？陳伯母，請妳給我看那封信可以嗎？——我求求您。」

梅婷強烈的反應震撼了陳太太。她大吃一驚，感悟到梅婷對徐倫還活在人間的事實毫無所知，而頓悟自己的錯覺無意中已揭露了深藏在心裏十年的秘密。無限的自疚，她憐惜萬分地攬著梅婷因激動而發抖的肩膊和臂膀，黯然地說：「阿婷，真對不起，自從妳陳伯父過世後，我腦子裏混混沌沌的，就像白癡一樣，竟魯莽得揭開了這件秘密。」

對著梅婷哀懇的眼光，陳太太又說：「那封信妳陳伯父一直珍藏著，可是在四個月前，當他知道自己不久人世，整理書房時，就燒毀了。」她嘆了一口氣，又補充了一句：「信上沒有地址，這麼多年來，我們也無從跟他聯絡。」

梅婷感到很困惑，她呼吸急促，胸脯起伏著，抖著聲音問：「當年，當年——您跟陳伯父為什麼沒說？……」

一絲的歉疚和無奈掠過陳太太的心中，她低喟地說著：「阿婷，原諒我們，當年絕口不向妳提及，只是遵照了信中的囑咐，其實，每次看到妳，我們心裏也是憋得很苦。」

梅婷眼眶裏閃著淚光，她忍住不讓淌下來，怯怯地哀求著陳太太：「陳伯母，求求您，告訴我信的內容，可以嗎？」接觸到梅婷透著哀思的眼神，陳太太深深地受了感染。她「嗯」了一聲。閉目一瞬兒，讓自己激動的心情平復下來，她略作思索後，喉底像被什麼梗住似地，聲音有些低啞地說：「那封信是徐倫初抵德國時寄來的。他早年在國內修完建築工程系後，被分配到國家工程部門任職。後來又修完了建築工程碩士學位。為求深造，他申請出國留學，專攻水利工程。」

陳太太清一清喉嚨，無限感慨地說：「時間過得好快啊！一轉眼十年又過去了。目前三峽建築水壩，那是一件震撼世界的偉大工程，正是徐倫以卓越的學識，學以致用的為國家效勞的機會，也是他得償平生夙願，實現他一向耿耿於懷，為建設祖國而奉獻的理想與抱負。」

梅婷心情激動如澎湃翻滾的浪潮。陳太太的敘述並沒有觸及她最想知悉的重點。她心情淒惶，悲切地問道：「他信中還說些什麼？難道沒提及當年海難時他如何脫險？為什麼登出訃聞，忍心瞞著我們？……他殘廢了，這到底是怎麼一回事？……陳伯母，求求您，他在信中還說些什麼？告訴我吧……。」

回想起遙遠的往事，陳太太忍不住鼻子一酸。她放下攬著梅婷肩膀的手，憐惜地把梅婷冰冷的雙手合攏她的雙掌間。

「阿婷，妳冷靜點。妳太激動，我的心都亂了。自從妳陳伯父過世後，我的腦筋就遲遲鈍鈍的，說話也顛三倒四，亂亂糟糟。妳讓我從頭說起，好嗎？」陳太太頓了一頓。就繼續說下去：「當年海輪沉沒，徐倫在狂風暴雨中抓住一段斷折的船桅，在怒海中陸地的方向已莫辨，他任由驚濤駭浪一波高、一波低地拋來拋去。也不知道時間過去了多久，突然間，他左腿一陣劇痛，整個人差點兒昏厥過去。憑著他堅強的求生意志，在半昏迷與痛楚中他死命地抱住那段斷桅，終於在颱風掃過海面後被浪潮沖送到附近一個小島的沙灘上。漁民把他救起時，他已奄奄一息，左腿被鯊魚齊膝嚙斷的地方一片血肉模糊。鄉下醫療設備落後，只為他敷藥包紮傷口，兩天後，他神智逐漸恢復，鄉人問明家人通訊處，才急電通知他伯父。他伯父趕到後，把他急送一海之隔的C島醫院。當時他的傷處已紅腫潰爛，為防細菌侵入心臟，外科醫生動手術鋸掉他半截大腿，兩個月後他出院，並由他伯父直接護送到香港……」

梅婷淚流滿臉，沒等陳太太講下去，已悲不可抑，不克自制地嗚咽著，斷斷續續地悲聲說著：

「當年，陳伯父和您為什麼瞞著我？……他為什麼不讓我知道？……太忍心了，……太忍心了……」

陳太太把悲泣的梅婷攬入懷裏，順手抽了幾張几上的紙巾為她揩淚，忍不住淚水也順著雙頰流下。她抑住心中的悲惻，柔聲地勸慰著滿臉悲痛與惶然的梅婷：「阿婷，妳冷靜點，如果當年妳設身處地，妳會怎麼想？會怎麼做？徐倫驟然遭此橫禍，成了殘廢，自身痛不欲生，幾乎萌出輕生的念頭。他伯父日夜守著他，老淚縱橫地勸慰和鼓勵他堅強地活下去。在當時的情況下，他直覺生不如死，更不願意讓他心愛的人為他的殘廢而陪他痛苦一生。他要求他伯父不要改正已登出的訃聞，更不要透露他生還的消息給菲地的親友，堅決地要求在他可以出院後直接赴香港。他在香港逗留了一年，裝上了義肢後才回家鄉的。這些事都在收到他十年前的來信後，我們才知悉，當年我們也是被瞞住了。可惜來信沒有地址，我們也無從與他聯繫。他信上說，對當年的事，他一直歉疚於心，也一直耿耿於懷。當他經歷了一段艱苦萬分的奮鬥人生後，為了追求更充實自己，以備將來為建設新中國而奉獻，他踏上征程。在異域為客時，回思以往，不覺情不由己，在感情的催迫下，他終於鼓起勇氣，寄給我們一份遲來的報平安信息，了卻一件多年來縈繞於懷的心事……也祝福上天賜給我們一世的安樂。」

梅婷低著頭，默默地流眼淚。「太遲了，一切都太遲了。——二十七年了，時間已改變了一切。——當年……」

擱在梳妝台上的電話鈴聲響了。陳太太站起身來過去聽電話。她「哈囉」了一聲，聽對方講幾句後，深深地看了梅婷一眼，說了一句：「她累了，正歇著呢！」等對方又講了些什麼後，才說：「我會轉告她的。」就掛斷了。

陳太太走回梅婷身旁坐下：「是振聲打來找妳的。我說妳歇著，他要我轉告，他取消了下午五時的會議，五時半就到家了。」

梅婷透過淚眼一瞥腕錶，已經是下午三點半了。悲傷令她心緒紊亂得如一堆亂麻，茫然中她抬眼看著陳太太獲得解脫似地從沙發上掙扎站起身來。一陣疲累之感襲上心頭，她渾身乏力，喃喃地說：「我該回家了。」

她走進梳洗室，用溫水洗淨臉上的淚漬，心思飄飄忽忽，下意識地對著鏡子，用手指頭輕輕按摩著哭腫了的眼皮，霎時警覺自己平時不甚留意的眼梢魚尾紋加深了，鬢角的幾根白髮也特別顯得惹眼。一絲異常苦澀的況味掠入梅婷的心靈深處，對著鏡中的自己，她無聲地呻吟著：「二十七年了……二十七年了……」

梅婷從梳洗室出來的時候，看到陳太太正捧著那份舊報出神。怔忡間，她走過去，臉上佈滿了迷惘與憂傷，她輕聲說：「陳伯母，我回去了。」

陳太太把舊報放回小几上，看著梅婷，慈祥地說：「是該回去了。到家後好好地休息一回。」

梅婷答應了一聲。拿起自己的皮包，略微躊躇一下，打開來，就要把那份舊報放進去。陳太太忽有所感觸，趕忙伸手按著，慌急地說：「這份就留在這兒吧。」

在梅婷的驚愕中，陳太太把舊報放進抽屜裏，轉過身來喟然一嘆，語重心長地對梅婷說：「人的一生都是命中注定的。上天待妳不薄，賜給妳一個美滿的家庭，妳應該懂得愛惜這福份。至於徐倫，他已經實現了自己的理想與抱負，雖有缺憾，人生的最大願望也總算達到了。——人生在世，誰敢說從沒有經歷過一些感情上的風波呢？」

（二十）

陳太太伴著梅婷下樓。梅婷的小車就停在客廳門口。她向陳太太告辭後，打開車門，坐進駕駛座。陳太太彎著腰，在車窗外叮嚀著：「開慢點，一路小心。」梅婷扭轉頭看著車窗外的陳太太，接觸到一對無限關心的眼神。她深深地意會到陳太太此刻疼惜她的心情及一向愛護她無微不至的心意，不覺眼眶一陣熱，趕忙收斂自己激動的情緒，擠出一絲淒涼的笑意回答著：「我會的。陳伯母，您放心。」

陳太太目送梅婷開動小車，順著私人車道朝著花園口的大門開過去，在門外街道上融入往來的車輛中。一陣人生如此無奈的辛酸況味湧上心頭，她迷惘地注視著遠去的車影，喃喃地安慰著自己：「梅婷不會有事的。這是一條她走熟了二十多年的路，一向平平順順，不會走岔的。」

二○○一年六月七日

語言文學類 PG0622

雨夜
——莎士小說集

作　　者 / 楊美瓊
責任編輯 / 林千惠
圖文排版 / 蔡瑋中
封面設計 / 陳佩蓉
封面繪圖 / 鄭紹隆

發 行 人 / 宋政坤
法律顧問 / 毛國樑　律師
印製出版 / 秀威資訊科技股份有限公司
114台北市內湖區瑞光路76巷65號1樓
電話：+886-2-2796-3638　傳真：+886-2-2796-1377
http://www.showwe.com.tw
劃撥帳號 / 19563868　戶名：秀威資訊科技股份有限公司
讀者服務信箱：service@showwe.com.tw
展售門市 / 國家書店（松江門市）
104台北市中山區松江路209號1樓
電話：+886-2-2518-0207　傳真：+886-2-2518-0778
網路訂購 / 秀威網路書店：http://www.bodbooks.com.tw
國家網路書店：http://www.govbooks.com.tw
圖書經銷 / 紅螞蟻圖書有限公司
114台北市內湖區舊宗路二段121巷28、32號4樓
電話：+886-2-2795-3656　傳真：+886-2-2795-4100

2011年11月BOD一版
定價：240元

國家圖書館出版品預行編目

雨夜 : 莎士小說集 / 楊美瓊著. -- 一版. -- 臺北市 : 秀威資訊科技, 2011. 11
面； 公分. --（菲華文協叢書 ; 1）
BOD版
ISBN 978-986-221-808-2（平裝）

857.63 100014516

讀者回函卡

感謝您購買本書，為提升服務品質，請填妥以下資料，將讀者回函卡直接寄回或傳真本公司，收到您的寶貴意見後，我們會收藏記錄及檢討，謝謝！

如您需要了解本公司最新出版書目、購書優惠或企劃活動，歡迎您上網查詢或下載相關資料：http:// www.showwe.com.tw

您購買的書名：________________________________

出生日期：________年________月________日

學歷：□高中（含）以下　□大專　□研究所（含）以上

職業：□製造業　□金融業　□資訊業　□軍警　□傳播業　□自由業

□服務業　□公務員　□教職　□學生　□家管　□其它____

購書地點：□網路書店　□實體書店　□書展　□郵購　□贈閱　□其他

您從何得知本書的消息？

□網路書店　□實體書店　□網路搜尋　□電子報　□書訊　□雜誌

□傳播媒體　□親友推薦　□網站推薦　□部落格　□其他________

您對本書的評價：（請填代號　1.非常滿意　2.滿意　3.尚可　4.再改進）

封面設計____　版面編排____　內容____　文／譯筆____　價格____

讀完書後您覺得：

□很有收穫　□有收穫　□收穫不多　□沒收穫

對我們的建議：________________________________

____

____

____

請貼
郵票

11466
台北市內湖區瑞光路 76 巷 65 號 1 樓
秀威資訊科技股份有限公司 收
BOD 數位出版事業部

(請沿線對折寄回，謝謝！)

姓　　名：＿＿＿＿＿＿＿＿　年齡：＿＿＿＿　性別：□女　□男

郵遞區號：□□□□□

地　　址：＿＿＿＿＿＿＿＿＿＿＿＿＿＿＿＿

聯絡電話：(日)＿＿＿＿＿＿＿＿ (夜)＿＿＿＿＿＿＿＿

E-mail：＿＿＿＿＿＿＿＿＿＿＿＿＿＿＿＿